Bedenke, welche Wort du sprichst
Dass Lüge quillt und schäumt empor
Aus deinem Antlitz tritt hervor
Der böse Schatten qualvoll bricht

Bedenke, welchen Weg du gehst
Das Unheil stürzt auf dich herab
Vom wahren Pfade kamst du ab
Verhängnis, dass dir Hoffnung gab

Bedenke, wen zum Feind du machst
Von Stärke, die dich übertrifft
Dich innerlich zerfrisst dein Gift
Des üblen Täters sanfte Schrift
Mit spitzen Zeichen scharf dich trifft
Was bleibt, im Nebel du wachst

Ich sage dir, tritt nun ins Licht
Der Schein sich sacht entfernt im Nichts
Und aus der Fratze dieses Wichts
Der Teufel mir glotzt ins Gesicht
            - Edith Emilia Eri, Dezember 2018

Edith Emilia Eri

Sommerherzen

Die Reise eines Jahres

Impressum:

© 2019 Edith Emilia Eri

Umschlag: Sophie T.

Lektorat, Korrektorat: Edith Emilia Eri

© 2019

Herstellung und Verlag: BoD - Books on Demand, Norderstedt.

ISBN: 9783748190721

Kapitel 1

Gerade verlassen die Männer der Umzugs-firma unsere Wohnung. Ich bahne mir einen Weg durch die vielen Kartons zu meinem Zimmer und beginne, meinen Schrank einzuräumen. Nach drei Kisten voller Socken, Unterhosen und T-Shirts brauche ich dringendst eine Pause, also schnappe ich mir meine Kopfhörer, ziehe meine Turn-schuhe an und kämpfe mich erneut durch die Stapel-berge zur Tür. Abschliessen muss ich ja nicht, da mein jüngerer Bruder in seinem Zimmer spielt, wäh-rend meine Eltern sich von unserem Haus verabschie-den, dass wir später nie mehr sehen werden, da es wegen dem Bau eines riesigen Supermarktes abgeris-sen werden muss.

Ich trete also ins Freie, drücke die Kopfhörer in meine Ohren, lasse die Musik laufen und beginne zu joggen. Mein Kopf ist wegen des vielen Stresses, der uns der Wohnungswechsel verursacht hat, so voll, dass ich mir nicht merke, wohin ich laufe. Sieben Lieder und viele Häuser weiter habe ich total die Orientierung verloren. Dummerweise kenne ich weder unseren Strassennahmen, noch die Hausnummer, wie immer bin ich also total unterinformiert. Mmh, warte mal, den jungen Mann dort habe ich doch schon einmal bei uns im Treppenhaus gesehen. Ich gehe also zu ihm hin und spaziere einfach neben ihm her, da ich definitiv nicht genug Mumm habe, ihn nach dem Weg zu fragen.

Nach einer Weile hält er an und fragt gereizt: „Was ist denn?"

Na das ist ja mal eine nette Begrüssung, denke ich, antworte aber: „Ich... ähm… wollte nur fragen… mmh… kannst du mir vielleicht den Weg zu unserem Haus zeigen… bitte?"

„Dann komm halt mit", sagt er patzig.

Schweigend gehen wir nebeneinander her, bis wir zu unserer Strasse kommen.

„Hier wären wir also", meint er.

Ich erwidere: „mh… vielen… äh… vielen Dank", schenke ihm ein nettes aber unsicheres Lächeln und er bringt auch etwas in der Art zustande, bevor er sich umdreht und davongeht.

Als ich das Haus betrete und um die Ecke gehe, steht unsere Wohnungstür sperrangelweit offen.

„Daniel, bist du hier?", frage ich besorgt, „Bitte antworte mir."

Doch auch nach weiterem Rufen und Bitten bekomme ich keine Antwort, also suche ich in allen Zimmern, in jeder Nische, die ein Versteck bieten könnte, nach meinem siebenjährigen Bruder, aber er ist unauffindbar. Mein kleiner Bruder, einfach weg, das kann nicht sein! Wenigstens ist nichts gestohlen worden, trotzdem schliesse ich die Wohnungstür sicherheitshalber ab, bevor ich mich auf die Suche nach Daniel mache.

Auf dem Spielplatz ist er nicht zu sehen und auch in der Garage ist keine Spur von ihm, also durchkämme ich die Strassen rund um unsere, rufe immer und immer wieder seinen Namen, schaue hinter Hecken und Bäumen nach, ob er sich dorthin verkrochen hat, frage Spaziergänger nach ihm, ohne Ergebnis. Traurig und mit riesigen Schuldgefühlen kehre ich zum Haus zurück, setzte mich auf die Treppe und beginne zu weinen.

Erst ist es nur ein Klos im Hals, zusammen mit feuchten Augen, dann kullert die erste Träne über meine Wange, eine Zweite und schliesslich bricht es aus mir hervor wie ein Wasserfall. Ich hatte die Verantwortung und nicht gut aufgepasst, meine manchmal selbst ein wenig überforderten Eltern haben auf mich gezählt und ich muss sie enttäuschen.

In all dem Elend fühle ich plötzlich eine Hand auf meinem Arm, ganz warm, beinahe heiss, aber vielleicht fühlt es sich nur so an, da ich oft zu kühle Kleidung trage.

„Sei nicht traurig, Lorellié, alles kommt gut", wispert eine Stimme in mein Ohr.

Sanft werde ich gestreichelt. Wie wundervoll es sein muss, jeden Tag aufs Neue geliebt zu werden, jeden Tag erneut eine Hand zu halten, die so einzigartig ist wie diese, jeden Tag zu wissen, dass man den tollsten und coolsten Freund hat, den es gibt, jeden Tag für diesen ganz besonderen Menschen zu lachen, jeden Tag als den Schönsten zu erachten. Bei diesen Gedanken beruhigt sich mein Puls langsam und der Griff um meine Schulter löst sich. Schnell wische ich mir die Tränen von den Augen, um einen Blick des Besitzers dieser Hände zu erhaschen, aber da ist niemand mehr.

Doch dann öffnet sich die Tür der Wohnung uns gegenüber und Daniel tritt in den Gang. Überglücklich springe ich auf und schliesse ihn in die Arme.

„Tu das nie wieder!", tadle ich ihn, „Ich habe mir solche Sorgen gemacht!"

„Ich war doch nur bei dem netten Jungen, der uns gegenüber eingezogen ist, weil ich doch so allein war", verteidigt er sich.

„Ist ja schon gut, ich habe bloss einen riesigen Schrecken gekriegt. Wenn du Lust hast, können wir jetzt zusammen spielen."

Aber er meint nur: „Ich gehe lieber wieder zu Nils, wollte doch nur meine Autos holen."

Nachdem ich ihm erklärt habe, dass man die Tür immer schliessen muss, wenn man die Wohnung als Letzter verlässt und ihm weisgemacht habe, er müsse Bescheid sagen, bevor er weggeht, öffne ich uns und begebe ich mich auf mein Zimmer, kuschle mich auf dem Bett zusammen und rufe meine beste Freundin an.

„Sophie, hallo, wie geht es dir?"

„Lorellié, schön, dass du anrufst. Wie soll es mir schon gehen, nachdem meine beste Freundin weggezogen ist?"

„Ich weiss, ich vermisse dich auch total, aber du hast wenigstens noch deinen Felix, ich kenne hier niemanden.‟

„Er ist nicht mein Felix.‟

„Jaja, aber du wünscht es dir und er sich insgeheim auch, so wie er dir immer hinterherstarrt.‟

„Quatsch. Du weisst genau, dass ich keinen Freund will.‟ Nach kurzer Zeit des Schweigens fügt sie an: „Aber warum rufst du eigentlich an?‟

„Ich wollte fragen, ob du mich mal besuchen kommst, mit dem Zug bist du ja schnell hier.‟

„Ach, ich weiss nicht, ich mag Zug fahren nicht sonderlich‟, klagt sie.

„Dann komme ich zu dir.‟

„Ich habe im Moment wenig Zeit.‟

„Na gut, dann mach's gut.‟

„Tschüss.‟

Bedrückt lege ich auf.

Jetzt sollte ich aber endlich fertig auspacken, die vielen Kartons steigen mir sonst noch zu Kopf. Ich bin fast fertig, da kommen meine Eltern nach Hause. Weil sie wegen dem Verlust unseres Hauses entsetzlich traurig sind und ich es nicht aushalte, sie in diesem Zustand zu sehen, geselle ich mich zu ihnen ins Wohnzimmer, umarme meinen Vater, dem das ganze schon Monate früher nicht leichtgefallen ist und kuschle mich in eine Ecke des Sofas.

hr Körper ist ruhig, die Augenlieder geschlossen. So verharret sie. Leise, sanft, entspannt. Vollends entlastet, sorgenlos, frei. Schwebend. Ihr Bauch hebt und senkt sich fein, bei jedem Atemzug spüre ich sie, ihr Leben. Sie ist so pur und rein und wunderschön.

Frei wie ein Vogel.

Rein wie das Wasser.

Tief und endlos. Sie rührt sich nicht. Sie denkt nicht. Sie fühlt nicht. Sie ist. Vollends. Ihr Atem bildet eine poetische Melodie. Wunderschön. Ich wache. Ständig wache ich. Sie.

Kapitel 3

A m nächsten Morgen werde ich von einem Tröten und Trompeten geweckt, dass kein Ende nehmen will. Entsetzt öffne ich die Augen und sitze auf. Der Raum ist dunkel, nur das blaue Licht des Radioweckers erhellt einen Teil davon. Der Lärm dröhnt weiterhin durch die Wände. Missmutig stehe ich auf und gehe mit vorsichtigen Schritten zur Tür.

„Mist!", fluche ich leise. Ich habe meinen Fuss irgendwo angestossen.

Unter dem Türspalt dringt Licht herein. Ich öffne die Türe und werde von der Morgensonne, die durch den Flur scheint, geblendet. Verschlafen reibe ich in meinen Augen und tapse in Richtung Wohnzimmer.

„Guten Morgen, mein Schatz", begrüsst mich meine Mutter.

„Morgen. "

„Haben dich die Bauarbeiten geweckt? "

Ich gebe ein Knurren zur Antwort.

„Daniel und Papa wurden auch geweckt, die sind jetzt beim Flughafen. "

Ich gebe ein brummiges „mmh" zurück.

Mama öffnet den Schrank und holt ein Glas heraus, dann nimmt sie den Orangensaft aus dem Kühlschrank und schenkt ein.

„Möchtest du? ", fragt sie und schiebt mir das Glas hin.

Ich murmle ein „Danke", nehme das Glas und gehe zurück in mein Zimmer.

Als ich es mir auf meinem Bett gemütlich gemacht habe, möchte ich einen Schluck trinken, also hebe ich das Glas und führe es zu meinem Mund. Verschlafen wie ich bin, kippe ich das Glas, bevor es meine

Lippen erreicht hat und schütte mir den Orangensaft über mein Nachthemd.

„Kann es denn keine fünf Minuten still sein, bei diesem Krach kann sich kein Mensch konzentrieren", zische ich.

In diesem Moment wird es ruhig. Ich atme tief durch und sage: „Na geht doch."

Leise höre ich ein „gern geschehen", oder habe ich mir das nur eingebildet?

Als nach einiger Zeit der Lärm erneut beginnt, entschliesse ich mich, den Weg zur neuen Schule schon einmal zu gehen, damit ich ihn in zwei Tagen kenne. Nachdem ich mir also eine kurze Jeans, ein grünes Oberteil und meine Flip-Flops angezogen und von meiner Mutter die Wegbeschreibung eingeholt habe, spaziere ich gemütlich los. Bis zum Ende der Strasse, dann links um die Ecke, an der Baustelle vorbei, rechts über den Fussgängerstreifen. Ein älterer Mann steht mit zwei Einkaufstüten auf dem

Gehweg. Als ich näherkomme, sehe ich, wie er ratlos die Strasse auf und abschaut.

„Brauchen Sie Hilfe?"

Der Mann nickt.

„Jetzt habe ich doch glatt vergessen, in welche Richtung ich gehen muss."

Ich erkundige mich, ob er noch wüsste, wo er wohne. Der Herr stellt die Tüten auf den Boden und fasst sich in die Hosentasche.

„Da drin steht meine Adresse", meint er, als er mir seine Brieftasche reicht, „doch ich habe meine Brille nicht dabei, also kann ich es nicht lesen."

Zurückhaltend nehme ich ihm die Brieftasche aus der Hand und öffne sie. Darin steckt in einem Fach eine Karte, auf der steht:

```
Altersheim Rosenpark

Stille Allee 5
```

Ich schliesse die Brieftasche und gebe sie dem Herrn zurück.

Entschuldigend sehe ich ihn an und erkläre: „Leider weiss ich nicht, wo die stille Allee liegt."

„Links", höre ich leise.

„Haben Sie etwas gesagt?"

Der Mann schüttelt den Kopf.

„Links", höre ich wieder.

Ich schaue den älteren Herren fragend an, doch er schüttelt wieder den Kopf.

„Ich denke, wir sollten nach links gehen", schlage ich vor.

Zuvorkommend hebe ich die Einkaufstüten vom Boden auf und gehe langsam voran, der Mann folgt mir. Einige Zeit später kann er sich erinnern:

„Ich weiss wieder, wir müssen nach links."

Ich schmunzle.

Das Altersheim Rosenpark liegt ein wenig von der Strasse weg nach hinten versetzt. Ein steinerner Torbogen, auf dem zuoberst Rosenpark eingemeisselt ist, bildet den Eingang des Geländes.

„Jetzt weiss ich wieder, wir müssen nach links", wiederholt er.

Ich nicke ihm zu. Der Mann geht mit wackligen Schritten auf das grosse Gebäude zu, zu dem ein mit Steinchen übersäter Weg führt. Von beiden Seiten spenden die Blätter der Bäume Schatten. Während ich mich immer noch umschaue, folge ich dem Mann hinein.

„Das sind Birken und Eiben", erklärt der Herr, „Sie sind magisch. "

Erstaunt sehe ich ihn an: „magisch? "

„Ja, Sie werden schon sehen, sie sind magisch", erläutert er.

Von hinten tritt jemand an uns heran.

„Da sind Sie ja wieder, Herr Hinterbirch. "

Ich drehe mich um und sehe ein bekanntes Gesicht:

„Du? "

Verwundert sehe ich ihn an. Als ich ihn das letzte Mal auf der Strasse sah, kam er mir nicht besonders emphatisch vor. Umso erstaunter bin ich, ihn hier zu treffen.

„Ich", sagt er.

Der ältere Herr schaut ihn an.

„Kann ich jetzt den Kuchen backen? ", möchte er wissen.

„Gleich, Herr Hinterbirch", meint der Junge, „aber wir sagten Ihnen doch, die Zutaten stünden in der Küche bereit. "

„Oh, jetzt weiss ich wieder, die Zutaten stehen in der Küche bereit. "

Schnellen Schrittes geht der Mann auf die Tür zu. Der Junge versucht, ihn zu bremsen:

„Herr Hinterbirch, wollen Sie sich nicht bei der jungen Dame bedanken, dass sie Sie hierher zurückgebracht hat?"

Herr Hinterbirch dreht sich mit strahlenden Augen um: „Besten Dank, gnädiges Fräulein."

Danach öffnet er die Tür und verschwindet im Gebäude. Der junge Mann, der bei mir im Haus wohnt, folgt ihm hinein. Ein wenig ratlos stelle ich die beiden Einkaufstüten neben der Tür ab, danach schlendere ich zurück zum Torbogen.

„Du bist wunderschön", klingt es.

Erschrocken schaue ich mich um, sehe aber niemanden. Im Schatten der Bäume ist es zwar angenehm kühl, doch es kann sich auch leicht jemand dahinter verstecken und sich einen Scherz mit mir erlauben. Oder hatte der alte Mann recht und diese Bäume sind tatsächlich magisch? Unsicher ignoriere ich das Gehörte und gehe mit schnellen Schritten dem Ausgang des Altersheims Rosenpark zu.

„Lorellié", höre ich.

Es fällt mir schwer, das Bedürfnis, den Kopf zu drehen und zu sehen, wer da ruft, zu unterdrücken, doch ich schaffe es.

Kapitel 4

Er

ie hat mich gehört, doch erhören will sie mich nicht. Sie denkt nach, doch denkt nicht an mich. Unsichtbar bin ich für ihrer Augen Blicke.

Nah, so nah bin ich ihrer, doch fern ihr Bewusstsein für mich. Oh, wenn sie wissen tät, würd' sie mich erlösen? Wie sie schnellen Schrittes geht, würdevoll wie eine Prinzessin. Meine solle sie sein.

„Du bist wunderschön", rufe ich ihr zu.

Kapitel 5

Lorellié

urück zur Baustelle, dann rechts. Ah nein, jetzt wo ich von der anderen Seite komme, ist links ja rechts. Ist das überhaupt die richtige Baustelle? Ich weiss es nicht. Angestrengt denke ich nach. Wenn ich vorhin nach rechts gegangen bin und dann nach links und jetzt wieder nach links, oder war es rechts, wohin muss ich dann jetzt? Ich drehe den Kopf zurück und schaue, woher ich gekommen bin. Als ich mich wieder umdrehe, steht jemand neben mir. Die Person ist komplett in türkis gekleidet, mit einem Mantel, der bis zur Nase reicht und einem Hut, der die Augen verdeckt. Der Nase nach zu urteilen, denke ich, dass es sich um einen Mann handelt.

„Sie gehen nach links, dann dort vorne an der Kreuzung nach rechts, gerade aus und danach wieder rechts", rät die Person.

Der Stimme nach ist es tatsächlich ein Mann.

„Und dann komme ich wo hin?", frage ich ratlos.

„Zur Schule", entgegnet er.

Ein wenig unentschlossen gehe ich ein paar Schritte in die von ihm genannte Richtung, dann drehe ich mich um. Er ist weg. Unbeholfen schaue ich die Strasse hoch, dann runter. Er ist weg.

Dank der Beschreibung stehe ich einen Spaziergang später vor der Schule. Hässlich, denke ich mir, als ich das graue Haus, das wie ein Klotz mitten auf dem Platz zwischen den Bäumen und Blumen steht, ansehe. Die Wände sind rau, die Bäume nicht gestutzt, Gestrüpp wächst an den Wänden. Einige Rollladen hängen schief. Wohl kein Geld für Reparaturen, denke ich.

„Das Haus ist nicht schön, aber die Lehrer sind ganz ok", meint eine Frau mittleren Alters, die neben mich getreten ist.

„Aha."

„Du bist wohl nicht überzeugt?"

„Ehrlich gesagt nein", gebe ich zu, „meine alte Schule war schöner, kleiner, persönlicher und nicht so grau."

„Man gewöhnt sich an alles."

„Gezwungenermassen."

Ich wende mich ab und will davongehen.

„Du bist wohl sehr cool."

Erstaunt drehe ich mich um.

„Ah ja?"

„Etwa nicht? Komm doch im Sekretariat vorbei, wenn du am Montag einen kleinen Input gebrauchen kannst. Erster Stock, dritte Tür, nicht zu verfehlen."

Langsam gehe ich einige Schritte rückwärts.

„Danke. "

Zurückhaltend hebe ich meine Hand und deute ein Winken an.

„Kein Ding. "

Ich lächle, drehe mich um und gehe davon.

Auf dem Heimweg versetzen mich die verschiedenen Eindrücke und Bekanntschaften des Tages in Grübeln. Zuhause angekommen, ruft mich mein Vater gleich zum Essen, wodurch ich aus meinen Gedanken gerissen werde.

Als ich abends im Bett liege und einzuschlafen versuche, kommen die Gedanken zurück. Dass ich ein wenig verrückt bin, wusste ich ja bereits, aber das mit den Stimmen ist äusserst seltsam, überlege ich mir. Irgendwann schlafe ich ein und träume von merkwürdigen Schatten und Gespenstern, die mich verfolgen.

Mitten in der Nacht schrecke ich hoch. Alles ist dunkel, doch irgendwoher höre ich eine Stimme:

„Es war einmal vor langer Zeit in einem fernen Land, da lebte ein Mädchen mit ihren Eltern in einem kleinen Dorfe. Die Mutter war sehr krank und wurde von ihrer Tochter jeden Tag liebevoll gepflegt…"

Das ist irgendwie unheimlich.

„Hallo, wer ist da?"

Ich bekomme keine Antwort. Behutsam taste ich nach dem Schalter meiner Nachttischlampe.

„… bis sie eines Tages die Kraft verlor und nicht mehr erwachte…"

In dem Moment, als ich die Lampe anknipse, erschrecke ich fürchterlich, da mein Märchenbuch mit einem lauten Knall zu Boden fällt. Mit verschlafenen Augen sehe ich mich im Raum um, erkenne jedoch nichts Auffälliges. Langsam rapple ich mich hoch, nehme das Buch behutsam an mich und schlüpfe rasch zurück unter die Bettdecke.

Mühelos finde ich die Stelle, an der die Stimme aufgehört hat, zu lesen. Es ist meine Lieblingsgeschichte, ich kenne sie beinahe auswendig. Bevor ich wieder einschlafe, sehe ich mir die Zeichnungen im Buch an und schmökere etwas darin.

Der Sonntag verläuft gemütlich. Nachdem ich ausgeschlafen habe, brunchen wir alle zusammen. Danach gehen wir Minigolfen, wobei mein Vater gewinnt, obwohl meine Mutter zwei Mal mit einem Schlag eingelocht hat. Ich lande wie üblich auf dem letzten Platz, was mir heute ausnahmsweise nichts ausmacht. Später sitzen wir alle im Restaurant beisammen und essen Pizza, dick belegt, wie wir es mögen. Daniel und ich versuchen, möglichst lange Fäden zu ziehen, was meinem Vater nicht gefällt. Er sagt, es sei peinlich, also lassen wir es sein.

An diesem Abend gehe ich früh zu Bett. Diesmal nehme ich vorsorglich das Märchenbuch mit und lege es neben mein Kopfkissen - man weiss ja nie.

„Lorellié, hey Schätzchen, aufwachen", vernehme ich leise.

Die Decke wird mir weggezogen und ich fröstle.

„Du musst in die Schule, was fürs Leben lernen. "

„Keine Lust", entgegne ich verschlafen.

„Du hast gestern wohl zu lange gelesen, was?"

„Hä, wieso?"

Mama verlässt das Zimmer. Ich ziehe mir die Decke über den Kopf schliesse noch einmal kurz die Augen.

„Komm jetzt, aber wirklich", ruft meine Mutter durchs Haus.

Ich rapple mich auf und gehe ins Bad. Als ich das Licht anmache, zucke ich kurz zurück. Auf meiner Wange ist ein grosser roter Abdruck, der schmerzt und nicht sehr dekorativ aussieht. Ich muss wohl eingeschlafen sein, während ich gelesen habe. Komisch, dass ich das nicht bemerkt habe. Sonst passiert mir so etwas eigentlich nie.

„Lorellié!" Meine Mutter klingt jetzt schon ein wenig sauer.

„Ja doch", entgegne ich und komme in die Küche.

Meine Eltern sitzen bereits am Tisch und frühstücken. Ich nehme mir einen Joghurt aus dem Kühlschrank, da spüre ich einen Kuss am Hinterkopf.

„Tschüss Häschen, bis heute Abend", verabschiedet sich mein Vater und verlässt die Küche.

Ich öffne den Joghurt und kippe mir den Inhalt in den Mund, danach nehme ich meinen Finger und schlecke den Rest aus.

„Du hättest genug Zeit gehabt, um anständig zu essen", kommentiert Mama.

„Morgen wieder."

Schwungvoll werfe ich den Joghurtbecher in den Müll.

Als ich die Wohnungstür schliesse, tritt der Nachbarsjunge neben mich.

„Wie siehst du denn aus?", spottet er, „Hast du in der Nacht Fechten geübt?"

„Was interessiert's dich?"

„Tut es ja gar nicht."

„Wieso fragst du dann?"

Ohne zu antworten geht er aus dem Haus. Schnell folge ich ihm.

„Wohin gehst du?", will ich wissen.

„Was interessiert's dich", spottet er.

Vielleicht hätte ich es herausgefunden, hätte ich eine Strassenkarte gehabt. Ich wage es aber zu bezweifeln, also frage ich gar nicht erst genauer nach.

„Gehst du nicht zur Schule?"

„Nur zeitweise."

„Hängst wohl lieber mit deinen Kumpels ab, als zu lernen?"

Ich weiss, dass meine Sätze provokativ sind, aber kenne keinen anderen Weg, mit ihm im Gespräch zu bleiben.

„Nein, ich arbeite im Seniorenheim, von denen lernt man fürs Leben, nicht nur für den nächsten Test. "

Schlaue Antwort, die er da gibt, denke ich mir. Nach einiger Zeit schaut er mich an:

„Herr Hinterbirch lädt dich zu Tee und Kuchen ein. "

Meine Mundwinkel zucken freudig nach oben, entspannen sich jedoch rasch wieder.

„Ich kenne ihn doch gar nicht", wende ich ein.

„Das geht am Anfang jedem so. "

„Du steckst wohl voller Lebensweisheiten", ziehe ich ihn auf.

„Für heute habe ich noch eine Letzte für dich", sagt er, „da entlang geht's zur Schule. "

Er deutet die Richtung an.

„Du kommst nicht mit?"

„Nein. Leute, die ich nicht kenne, brauchen meine Hilfe."

Er geht weiter geradeaus und ich schaue ihm verwirrt nach.

In der Schule angekommen, gehe ich nicht ins Sekretariat, sondern tapse lustlos durch die Gänge, um mich zurecht zu finden. Irgendwo hinter mir im Gang grüsst jemand:

„Guten Morgen."

Als ich den Kopf drehe, sehe ich die Frau von Samstag.

„Hattest du keine Lust auf eine private Führung?", erkundigt sie sich.

Höflich antworte ich: „Ich habe mich nicht danach gefühlt."

„Das macht nichts", meint sie charmant, „komm einfach vorbei, wenn es dir passt. Oh, und reib dir ein bisschen über die Wange, damit die Rötung schneller weggeht."

Es fällt den Leuten hier anscheinend schwer, nicht gleich aufs Schlechte zu gehen. Ich nicke, dann mache ich mich auf die Suche nach meinem Klassenzimmer.

Nach einer Doppelstunde „Leiden des jungen Werther" (die sich tragischerweise auch als Leiden der jungen Lorellié herausstellte) und einer Einführung in die Exponentialfunktionen schweife ich in Biologie immer mehr ab.

„Du weisst es", höre ich plötzlich jemanden sagen.

Die Stimme klingt nah und holt mich aus meinen Träumereien.

„Was?", frage ich entsetzt.

„Es heisst wie bitte", mahnt die Lehrerin.

„Wie bitte?"

Diese Frau scheint es auch übergenau zu nehmen.

„Welches Organ wir hier sehen, wollte ich wissen."

Ich schaue mir die Skizze des Verdauungstraktes an, auf dessen linker Seite die Lehrerin mit einem Stock auf ein Organ zeigt.

„Gallenblase", sagt jemand.

Verwundert sehe ich mich in der Klasse um. Die Lehrerin scheint es nicht gehört zu haben.

„Gallenblase", wiederhole ich.

„Bitte antworten Sie in einem ganzen Satz."

„Das ist die Gallenblase."

Die Lehrerin erzählt weiter, doch ich nehme sie nicht mehr war. Die Antwort wurde mir laut und deutlich vorgesagt, doch alle anderen haben es scheinbar überhört. Wie kann das bloss sein?

Die Klingel rüttelt mich auf. Schnell packe ich meine Sachen zusammen und verlasse das Zimmer. Da die Nachmittagslektionen ausfallen, kann ich nach Hause gehen. Ich habe mit einigen Mitschülern gesprochen, sie haben sich mir am Morgen vorgestellt. Merkwürdige Leute sind das, so direkt und immerzu sagen sie Worte wie „Alter" oder „Digga". Als wir noch auf dem Land gewohnt haben, hat niemand solche Worte benutzt. Aber ja, ich erinnere mich, wir sind ja nicht mehr auf dem Land und werden auch nicht mehr dahin zurückkehren.

„Attacke!", schreit Daniel mir zu.

„Hayaaa!", ruft Daniels Freund, von dem ich annehme, dass es Nils ist.

Die beiden stürmen mir mit ihren Holzschwertern entgegen, mit denen sie gegeneinander kämpfen. Verschreckt nehme ich meine Tasche und halte sie vor meinen Körper. Freudig schlagen sie darauf ein.

„Hey, Daniel, nicht so wild", lache ich.

Es ist schön zu sehen, dass mein Bruder bereits nach so kurzer Zeit einen neuen Freund gefunden hat.

„Habt ihr schon gegessen?", frage ich.

Ohne sein Spiel zu unterbrechen, antwortet mein Bruder: „Nein, wir haben auf dich gewartet.

„Na gut, ich geh schon mal rein."

Kurz darauf sitzen meine Mutter, mein Bruder, sein Freund und ich um den Tisch und knabbern an belegten Brötchen. Daniel und Nils sind vom Spielen ganz rot im Gesicht geworden.

„Na, wie war dein Tag?", erkundigt sich Mama.

„Ganz ok."

„Wie sind die Mitschüler?"

„Ganz nett."

„Ahja und die Lehrer?"

Ich komme nicht dazu zu, zu antworten, da es an der Tür klingelt.

Kapitel 6

Er

chweigend sitze ich, der wie immer in strahlendem weiss gekleidete Dala mir gegenüber. Während er spricht, betrachte ich ihn, seine Augen, und überlege mir, wie ich mit den Vorwürfen umgehen könnte, ob es eine Möglichkeit gäbe, die Taten zu erklären. Wahrlich habe ich keine plausible Rechtfertigung, ein Gefühl, ein überwältigendes Gefühl allein hat mich dazu gebracht.

„Ihr Auftrag ist es, sich um ihren Schützling zu kümmern, aber die natürliche Distanz zu wahren. Nachdem mehrmals gegen diese Ihnen wohlbekannte Regel verstossen wurde, mussten wir uns dazu entschliessen, Sie von Ihren Pflichten freizustellen. Sie werden ins Ausbildungszentrum zurückverlegt und dort die Aufgabe der Überwachung der Auszubildenden übernehmen. "

Ungläubig und schockiert zugleich blicke ich ihn an.

„Ich werde getrennt von der Ader zu meinem Herzen? Welch Gräueltat von ihnen, oh werter Dala. "

„Sie wollen die Aufgabe ablehnen, sich der Verantwortung entziehen? ", hakt er nach.

„Ich wünsche, meine Geliebte einst sehen zu dürfen ohne die unsichtbare Mauer zwischen uns und meine Lippen auf ihre legen zu dürfen, ohne Furcht vor dem Unerlaubten. "

Der Dala lässt seinen Blick aus dem Fenster schweifen und sieht dabei sehr nachdenklich aus.

„Nun gut, ich erteile Ihnen die Erlaubnis, sich ihr zu nähern, jedoch nicht in Ihrer jetzigen Form. "

„Meint Ihr, was Ihr sprecht? "

Er dreht seinen Kopf, von weissen Haaren umgeben, zu mir. Seine Mine wirkt entschlossen.

„Wir werden Ihnen einen menschlichen Körper verleihen, damit Sie zu ihr finden können. Seien Sie sich jedoch bewusst, dass die Menschenwelt nicht wie unsere funktioniert und vergessen Sie nicht, Sie haben nur einen Kuss. "

Bestimmt erhebt er sich, mir die Hand zu drücken. Währenddessen merke ich, mein Körper, er verändert sich. Erst schwerelos, dann schwer, dann fühle ich nichts.

Kapitel 7

Lorellié

ektisch schlucke ich den Bissen herunter, lege das Brot zur Seite und gehe zur Tür. Als ich sie öffne, stehen mir eine etwas mollige Frau mittleren Alters mit Falten um die Augen, zwei kleine blonde Mädchen, die wie Zwillinge aussehen und der Jungen, dem ich schon einige Male begegnet bin, gegenüber.

„Hallo", sagt die Frau mit italienischem Akzent und hält mir ein riesiges Blech Kuchen hin, „ich wollen sagen Willkommen zu die neue Nachbarn."

Ich glaube, mein erstaunter Blick auf den Kuchen hat sie verunsichert.

„Du nicht gern Kuchen?"

„Doch, sehr gern sogar."

Ihr Lächeln ist warm und ansteckend.

„Möchten Sie nicht reinkommen und den Kuchen mit uns anschneiden?", biete ich an.

Die Mädchen sehen beim Gedanken daran freudig und aufgeregt aus.

„Ich leider nicht viel Zeit", antwortet die Frau betrübt.

„Vielleicht könnte ich mit NiNu ein wenig bleiben", schlägt der Junge vor.

Meine Mutter ist inzwischen zur Tür gekommen und begrüsst die Nachbarin: „Guten Tag, ich bin Nathalie."

Freundlich schütteln sich die Mütter die Hände. Die italienische Frau stellt sich als Madeleine vor. Danach erfahre ich, dass der Junge Niklas und seine Schwestern Nina und Nuana heissen.

„Bitte, kommt doch herein", lädt meine Mutter sie ein.

Madeleine entschuldigt sich und geht, nachdem sie sich versichert hat, dass es in Ordnung ist, wenn ihre Kinder noch ein wenig bleiben. Wir anderen gehen hinein. Die Zwillinge tragen den Kuchen zum Tisch, ich bringe Besteck und Teller. Daniel und Nils legen ihre Brote weg und schauen gebannt auf dem wirklich riesigen Kuchen.

„Nein, so aber nicht", mahnt meine Mutter, „Bevor es Kuchen gibt, müsst ihr die Brote fertig essen. "

„Ich mag aber nicht mehr", mault Daniel.

„Dann magst du wohl auch keinen Kuchen. "

„Doch, Kuchen mag ich immer, dafür gibt es sogar ein spezielles Reservoir in meinem Bauch. "

Wir lachen. Als meine Mutter gerade den Kuchen anschneidet, klingelt es erneut an der Tür.

„Da hat wohl noch jemand Hunger", scherzt sie.

Wieder gehe ich zur Tür, um zu öffnen. Dieses Mal stehe ich einem pummeligen Jungen in meinem Alter gegenüber, der seine vollen Lippen zu einem Lächeln geformt hat. Der Unbekannte hat ein mit Pickeln übersätes, jedoch sehr freundlich wirkendes Gesicht.

„Oh holdes Fräulein Lorellié, welche Ehre, deinen Anblick zu erhaschen. Die Figur so zart wie die eines Engels, umspielt sie eure Seele liebevoll."

Ich erröte und schäme mich zugleich dafür. Unbeholfen sehe ich zu Boden. So hat mich noch nie ein Fremder angesprochen.

„Der Reiz deines Wesens meine Seele erheitert, so treu, so voller Freundlichkeit, so gefüllt mit Liebe. Bereichernd schmücket eure Anwesenheit die meine."

Langsam trete ich einige Schritte zurück. Ich kenne den Jungen nicht, doch seine Stimme kommt mir irgendwoher bekannt vor. Das Schlimmste ist jedoch, dass er mir tatsächlich ein wenig schmeichelt mit seinem Süssholzgeraspel.

„Wie du mich veränderst, wie du mich bereicherst, wohin du meine Träume lenkst..."

Behutsam schliesse ich die Tür, noch während er spricht.

Meine Mutter ruft aus der Küche: „Wer ist es denn, Schätzchen?"

Eigentlich will ich mit so etwas wie „der Postbote" oder „Niemand", vielleicht auch mit „Falsche Tür" antworten, doch ich entschliesse mich, es nicht zu tun.

„Ein Klassenkamerad."

„Möchte er mitessen?"

„Ich glaube nicht."

„Ach komm schon, frag ihn."

Ich hätte doch der Postbote sagen sollen. Seufzend öffne ich die Tür wieder.

„...des atemraubenden Strahlens eurer Augen, so wie das endlose Meer."

„Meine Mutter fragt, ob Sie mit uns Kuchen essen möchten?"

„Ein köstlich süsses Gebäck, je nach Zubereitung leicht trocken, trotzdem erfrischend für den Gaumen, reizvoll im Geschmack."

„Sie… ähm… heisst das ja?"

Verwirrt sehe ich ihn an. Ich erkenne, dass seine Augen glasig und farblos wirken, gleichzeitig jedoch in allen Farben strahlen.

„Man nennt meine Bescheidenheit auch Alexander, werte Lorellié. Zu gerne möchte ich ein Stück von der süssen Köstlichkeit erhaschen."

Erst jetzt fällt mir auf, dass er meinen Namen kennt. Ich kann mich nicht erinnern, mich ihm vorgestellt zu haben. Mit einer Geste lade ich ihn ein, mir zu folgen. Wir gehen ins Wohnzimmer, wo meine Mutter aufgestanden ist und uns entgegenkommt. Ich stelle beide einander vor, danach bitte ich Alexander, neben mir Platz zu nehmen.

Er ist ein sehr guter Erzähler, fällt mir auf, als er mit seinen Geschichten alle zum Lachen bringt.

Kapitel 8

Alexander

Die Leute, welche mit mir um den Tisch versammelt sind und mit gebannten Blicken zu mir schauen, während ich erzähle, kenne ich sehr gut, obwohl ich sie noch nie getroffen habe. Man erzählt viel über sie, die Zwillinge, die sich immerzu beschimpfen und gegenseitig an den Haaren ziehen, die Jungs, die sich mit ihren Holzschwertern duellieren und natürlich meine Schönheit, meine Lorellié, die mich schon seit langem zu betören vermag.

„So seien also die Tage vergangen und Monde vorübergezogen, bis sie sich zum Duelle wiedersahen. Ihre Schritte liessen den Boden beben, als sie aufeinandertrafen, um mit langen weissen Federn zu siegen im Kampf um Gelächter und Gespött. Die

Prinzessin sollte denjenigen auserwählen, dessen Tugend es war, sich selbst am längsten zu beherrschen. Über den Sinn dessen liesse sich diskutieren, doch so kam es in jedem Jahre, dass Ritter sich trafen zu kitzeln, anstatt zu kämpfen um Blutvergiessen. Die Prinzessin ward fortan die bezauberndste aller im Lande, da sie sich stehts mit dem Lächeln ihrer Untertanen umhüllte. "

Unsicher, ob Lorelliés Gefalle geweckt wurde, betrachte ich sie. Obwohl sie kein Wort sagt, ist ihr Anblick zart und lieblich.

„Das war wirklich eine schöne Geschichte", meint Lorelliés Mutter.

Bei uns ist es nicht üblich, dass die Mütter zuerst ihr Urteil verkünden, doch die Menschenwelt ist wunderlich…

„Woher kannst du so gut erzählen?", erkundigt sich Niklas.

„Viele Geschichten sind mir begegnet, deshalb ich zu erzählen begann. "

Daniel und Nils, ohne die Teller in die Küche zu bringen, verlassen den Raum. Nina und Nuana scheinen ihrem Blick nach gelangweilt, wonach Nathalie sie in den Garten geleitet, mit ihnen zu spielen.

„Wieso redest du eigentlich so vintage?", möchte Lorellié erklärt bekommen.

„Der Charme vergangener Sprache mich bewegt, so habe ich vergessen oder nie gelernt, mich anders auszudrücken. Ich hoffe, du findest Gefallen daran, werte Lorellié."

Ihre Wangen erröten, sie senkt den Kopf. Welch zartes Wesen voll Romantik.

Kapitel 9

Lorellié

m nächsten Tag beschliesse ich, Herrn Hinterbirch im Altersheim zu besuchen. Da es angenehm warm ist, sitzen viele Bewohner draussen, also gehe ich langsam und halte nach dem älteren Mann Ausschau, doch entdecke ihn nicht. Ich betrete das Haus, um an der Rezeption nach ihm zu fragen. Niemand ist zu sehen, doch eine Glocke steht bereit, woneben ein Zettel liegt, auf dem steht:

> In dringenden Fällen
>
> bitte klingeln.

Ich schaue die Glocke an, dann überlege ich mir, ob mein Anliegen dringend ist. Ein Besuch bei jemandem, der nicht einmal zur Familie gehört, wird bestimmt nicht als dringend gewertet, denke ich, also wende ich mich ab.

„Guten Tag, wie kann ich helfen?"

Ich drehe mich um und schaue in Niklas' hochrotes Gesicht.

„Oh, Lorellié… Ich habe… etwas gesucht…"

„Kein Grund, verlegen zu werden. "

Er sieht angestrengt aus.

„Ich bin nicht verlegen. "

„Du kriegst eine lange Nase? "

„Was redest du da? "

Er scheint meinen Witz nicht verstanden zu haben.

„Du kriegst eine lange Nase, weil es eine Lüge ist zu sagen, du seist nicht verlegen. "

„Ach so. Ich lache später. "

Etwas ratlos blickt Niklas mich an.

„Ich bringe dich zu Herrn Hinterbirch", bietet er an.

„Hast du denn gefunden, was du auf dem Boden gesucht hast?"

Ich bin sicher, dass sein Gesicht noch röter geworden wäre, wenn es irgendwie möglich gewesen wäre.

„Ja, also… ja."

Mit dem Fuss schiebt er rasch ein vergilbtes Buch unter die Kommode.

Herrn Hinterbirchs Zimmer ist klein und mit altertümlichen Möbeln eingerichtet, nur das Bett macht einen neuen Eindruck. Der alte Mann sitzt auf einem mit Polster überzogenen Stuhl und schaut fern. Als er mich sieht, stellt er den Fernseher auf stumm und grinst mir freudig entgegen.

„Dort steht ein Stück Kuchen, dass ich extra für Sie aufbewahrt habe."

„Wir durften es nicht wegwerfen", meint Niklas, „er wusste, dass du kommen würdest, um es zu essen. "

„Das ist doch schon eine halbe Woche her, der Kuchen ist bestimmt schon komplett hart und ausgetrocknet", wende ich ein.

„Der Kuchen schmeckt sehr gut, probieren Sie mal. "

Ein wenig angeekelt, doch versucht, dieses Gefühl zu unterdrücken, nehme ich das Stück in die Hand.

„Du musst das nicht tun, Lorellié", verteidigt mich Niklas.

Ohne ihn gross zu beachten, beisse ich ein kleines Stück ab. Es schmeckt ein wenig, wie wenn man auf einem Gartenschlauch herumkaut. Nicht, dass ich das jemals getan hätte, aber ich kann mir vorstellen, dass es ein ähnliches Gefühl sein muss.

„Vielen Dank, dass Sie den Kuchen für mich aufgehoben haben, aber ich bin gerade nicht hungrig", versuche ich mich herauszureden, ohne dass es grob klingt.

„Kein Problem", antwortet Herr Hinterbirch, „Ich werde das Stück stehen lassen, damit Sie es das nächste Mal essen können. "

Unsicher schaue ich ihn an.

„Sie möchten, dass ich Sie öfters besuche? "

„Sehr gerne, junge Dame. Spielen Sie Mühle? "

„Ab und zu, ja. "

Mühsam steht der Mann auf und geht zum Regal, auf dem der Fernseher steht. Er öffnet eine Schublade und zieht konzentriert einen vergilbten Karton heraus. Danach setzt er sich wieder und stellt den Karton auf das Tischchen vor ihm.

„Bitte setzen Sie sich aufs Sofa, dann können wir spielen. "

Ich tue, was er sich wünscht und helfe ihm, das Spiel auszupacken. Er spielt gut, viel besser, als ich erwartet hätte. Niklas ist inzwischen gegangen, hat aber die Tür offengelassen. Das Lächeln auf Herrn Hinterbirchs Lippen verschwindet nicht, obwohl er sich aufs Spiel konzentriert. Ich habe immer gerne Mühle gespielt, aber dieser alte Mann macht es mir äusserst schwer, diese Leidenschaft beizubehalten, als er eine Zwickmühle baut und mir einen Stein nach dem anderen abluchst, während ich mit meinen restlichen vier Steinen hilflos umherwandere.

„Herzlichen Glückwunsch, Sie haben gewonnen", gratuliere ich ihm, als er mir kurz darauf den letzten Stein klaut.

„Sie gehen jetzt nach Hause und üben ein bisschen, dann machen wir nächste Woche eine Revanche. "

Der Herr wendet sich wieder dem Fernseher zu, obwohl dieser ohne Ton läuft und scheint vergessen zu haben, dass ich noch da bin, also verlasse ich leise den Raum.

„Alexander ist ein interessanter Typ, findest du nicht? "

Niklas hat anscheinend vor der Tür gewartet und uns die ganze Zeit durch den Türspalt zugesehen. Ich gehe nicht auf seine Frage ein.

„Du wirst doch wiederkommen? Also zu Herrn Hinterbirch meine ich."

„Ich denke drüber nach."

„Seine Familie kommt jeden Sonntag, doch sie spielen nicht mehr mit ihm, weil er immer gewinnt."

„Aha."

Ich gehe den Gang hinunter, an dessen Wänden Zeichnungen hängen und an einem Tischchen vorbei, das mit falschen Roseblättern dekoriert ist, die rosa schimmern.

„Woher kennst du Alexander eigentlich?"

Niklas ist mir noch immer nicht von der Seite gewichen.

„Ein Klassenkamerad, sagte ich bereits."

„Ich habe ihn noch nie in der Schule gesehen."

„Vielleicht ist er genau so neu hier wie ich. Und du gehst doch sowieso nicht mehr zur Schule…"

Ich fühle mich nicht danach, dieses Thema weiter zu vertiefen. Vielmehr bin ich daran interessiert, mehr über Niklas zu erfahren.

„Seit wann arbeitest du schon hier?"

„Seit ich keine Lust mehr auf die Schule hatte."

„Und wann war das?"

„Vor zwei, drei Jahren."

Ich überlege kurz, ob diese Frage nicht zu persönlich ist, da wir uns erst seit kurzem kennen, doch dann frage ich: „Wieso machst du das?"

Ich glaube, so etwas wie Betrübtheit in seinem Gesicht lesen zu können, doch in Gesichtern lesen bin ich nicht so gut, deshalb bin ich mir nicht sicher.

„Mein Opa… Also er ist vor fünf Jahren gestorben, er war in seinem Haus, allein… Naja und dann ist bei ihm einfach irgendwann das Licht ausgegangen.

Ich möchte, dass alte Menschen ihre letzten Stunden, Tage oder Monate, selten auch Jahre in Freude verbringen können, sodass es ihnen an nichts fehlt. "

Er atmet tief ein, wobei sein Brustkorb sich hebt.

„Sie sollen sich glücklich fühlen, bevor sie gehen. Ich möchte, dass sie unsere Gemeinschaft und den Zusammenhalt spüren, deshalb bin ich hier. "

Bei seinen Erzählungen gerate ich leicht ins Schwärmen.

„Das ist eine wunderschöne Vorstellung. "

Kapitel 10

Alexander

Gleich erscheinet ihr liebliches Antlitz in der Nachmittagssonne, ich fühle es in meinem Herzen. Oh, zarteste Lorellié. Da, die Tür, sie öffnet sich.

„Sei gegrüsst. "

Lorellié, mit dem Blick einer Unnahbaren, tritt ins Licht.

„Alexander. "

Kühl und doch sanft erscheint mir ihre Stimme.

„Ich habe dich bereits erwartet, lass mich dich zu deinem getrauten Heim geleiten. "

„Alexander, verfolgst du mich jetzt etwa überall hin. "

„Oh, keinesfalls steht die Absicht dahinter, dich zu verfolgen."

Sie klingt erzürnt.

„Kannst du dich nicht wie ein normaler Mensch verhalten?"

„Verzeih, Werteste, es liegt mir fern, dich zu verdriessen."

Niklas sehe ich auf die Veranda treten.

„Hör zu, Alexander, ich möchte wirklich nicht unhöflich sein, aber ich fühle mich von dir bedrängt, also lass mich bitte in Ruhe."

Die Melodie ihrer Stimme, wie wunderschön. Aber was sie spricht, ich brauche einen Moment, um es zu begreifen. Der Gefalle, den ich an ihr finde, wird nicht erwidert. All die Jahre, die ich an ihrer Seite zugebracht, ist das nun der Lohn?

„Du Alexander, kann ich mal kurz unter vier Augen mit dir reden", mischt sich Niklas ein.

„Nur zu, ich wollte sowieso gerade gehen."

Meine Lorellié verlässt mich und ich kann nichts tun. Wo ich doch ihr ganzes Leben bei ihr war, nun muss ich getrennt von ihr weilen.

Niklas fasst mich am Arm, hinter die Hausecke zieht er mich.

Niemals möchte ich ohne meine Liebste sein, mein Herz sie vermisst, in jeder Sekunde es schreit nach ihr. Würde ich bloss jemanden finden zu küssen, sofort würde ich dieser Misere entrinnen.

„Sag mal, Alexander, irgendetwas stimmt doch nicht mir dir."

Niklas' Worte mich aus den Gedanken reissen.

„Alles so, wie es soll."

„Dein Verhalten... Irgendetwas daran kommt mir merkwürdig vor. Du tauchst urplötzlich hier auf, kennst dich überall aus und machst dich an Lorellié ran."

„Wessen möchtest du mich bezichtigen?"

„Ich sage bloss, dass ich dich im Auge behalten werde, Alexander. "

Unsanft er mich packt, mich prüfend betrachtet, dann ablässt von mir.

Kapitel 11

Lorellié

Was ist bloss mit mir los? Die Ereignisse der letzten Tage spielen sich noch einmal in meinem Kopf ab. Erst die Berührungen, dann die Stimmen, das ist alles äusserst seltsam. Beinahe zweifle ich an meinem Verstand. Die Erinnerungen an die warmen Berührungen machen mich verrückt. Allem Anschein nach sind da ja zwei Jungs, die in Frage kommen, immerhin habe ich ausser Niklas und Alexander noch niemanden kennengelernt, der sich sonderlich für mich zu interessieren scheint. Blöd nur, dass beide irgendwie seltsam sind. Ich dachte immer, verliebt zu sein sei ein schönes Gefühl, aber jetzt kann ich mich vom Gegenteil überzeugen.

Bedrückt liege auf meinem Bett und schaue durchs Fenster auf den Weg vor dem Haus, auf den Baum mit seinen etwas schlapp herunterhängenden Blättern und auf die Lavendelbüschel, die den Weg säumen. Was will ich überhaupt, frage ich mich selbst. Will ich mich verlieben? Und falls ja, in wen? Zu gerne hätte ich "halt die Klappe" zu meinem Kopf gesagt, doch er hätte wohl nicht gehört.

 Alexander

Oh holde Gestalt, entschwinde nicht wie der Schatten, sobald der Sonne Pracht ihn nicht mehr nährt. Du Liebliche, verlasse mich nicht, unwissend, wie gerne ich täte, doch nicht tun kann und wie sehr ich möchte, doch nicht mögen darf. So sehr im Klinsch mit mir selbst, nun vielleicht sie entschwindet, mir entgleitet, oh Wundervollste.

Kapitel 13

Niklas

ch sitze vor dem Computer und durchsuche das Schulnetz, wo alle Klassen aufgelistet sind. Ich klicke mich in verschiedene Listen rein und suche diejenige, wo Lorellié aufgeführt ist. Als ich sie gefunden habe, lege ich einen Finger auf den Bildschirm und scrolle die Liste nach oben. Nichts. Ich bin am Ende angekommen, aber habe nicht gefunden, was ich gesucht habe. Ich klicke auf den Pfeil oben links, um zum vorherigen Fenster zurück zu kommen. Danach öffne ich die nächste Liste und tue das Selbe damit. Auch nichts. Ich wusste es, er treibt ein falsches Spiel, denke ich. Das vergilbte Buch liegt neben mir, eine Seite, auf der in verschnörkelten Buchstaben der Name Alexander und weitere Informationen stehen, ist aufgeschlagen. Schnell zücke ich mein Smartphone aus der Hosentasche und wähle eine Nummer aus dem Anrufverzeichnis.

„Wir haben ihn", triumphiere ich.

„Gut, du weisst, was zu tun ist?", dringt eine weibliche Stimme aus dem Hörer.

„Natürlich, erstmal lasse ich ihn nicht an Lorellié herankommen. Danach kriege ich weitere Informationen. "

„Genau mein Junge. So, nun geh und tu, was ich dir gesagt habe. "

Die Frau legt auf. Ich stecke das Handy zurück in meine Hosentasche, schliesse den Browser und verlasse das Zimmer.

Kapitel 14

Lorellié

Nachdenklich schnappe ich mir mein Handy und meine Tasche. Während ich in meine Schuhe schlüpfe, trudelt eine Nachricht ein. Ich will nur kurz nachsehen, doch als ich die fremde Nummer erkenne, werde ich neugierig.

Lorrreli

mein herrz sich sehhnnnt

nach ddir

wiee funktioniiert daarqq

!

könnneen wwir uns

Während ich lese, empfange ich immer mehr Nachrichten.

darf wjwich ttreffnn

, ,

, , , , m

Meinne sxchoenne

Ich grinse. Das ist bestimmt Oma, die sie an
ihrem Smartphone versucht. Rasch tippe ich eine
Antwort.

Komm ruhig vorbei, lg Lorellié

Ich drücke auf senden, danach stecke ich das
Handy in die Hosentasche. Gerade als ich nach dem
Schlüssel greifen will, klingelt es an der Tür.
Rasch öffne ich. Niklas steht mit ernster Miene vor
mir.

„Hi Lorellié, gut, dass du da bist. Ich muss dir
unbedingt etwas erzählen."

Ich trete auf den Flur und schliesse die Tür.

„Weisst du, eigentlich habe ich gerade beschlossen, nicht an Jungs denken zu wollen", entgegne ich in freundlichem Ton.

Als ich mich umdrehe, steht er mir im Weg.

„Bitte Lorellié, hör mir zu, es ist wichtig. "

Ich gehe an ihm vorbei. Er folgt mir.

„Ich habe etwas Interessantes über Alexander herausgefunden. "

„Hat das nicht Zeit bis später? "

Genervt will ich davongehen, doch er hält mich an der Schulter fest und redet auf mich ein. Sein Griff ist grob und seine Hände gleichen in keinster Weise denen, die mich so wundersam berührt haben.

„Lorellié, er ist nicht, wer er vorgibt zu sein. Ich weiss nicht, wer er ist, aber er gehört nicht hierher. "

„Was interessiert's dich? "

Er schaut mich betrübt an.

„Du bist mir wichtig. Ich möchte nicht, dass jemand falsche Spiele mit dir treibt. "

Ich sehe, wie sich Alexander nähert und will auf ihn zugehen, da hält mich Niklas erneut fest und zieht mich zu sich. Ehe ich mich versehe, drückt er seine Lippen gehen meine. Einen Moment lang bin ich vor Verblüffung wie gelähmt, dann schubse ich ihn mit aller Kraft weg und gebe ihm eine schallende Ohrfeige. Als ich mich zu Alexander umdrehe, sehe ich ihn hinter der nächsten Ecke verschwindet.

„Alexander, bitte warte. "

Ich renne ihm hinterher. Gleichzeitig rufe ich ihm immer wieder nach, bis er seine Schritte verlangsamt, sodass ich ihn ein paar Meter weiter schliesslich einhole. Traurig blickt er mich an.

„Was gedenkst du mir mitzuteilen? "

„Alexander, bitte schau mich nicht so an. Ich möchte mich entschuldigen und mit dir reden. Erstens für das eben, obwohl ich dafür nichts kann und

zweitens dafür, dass ich dich habe abblitzen lassen."

Mir fällt ein Funkeln in seinen Augen auf. Nachdenklich kaut er auf seiner Unterlippe herum. Ich
blicke erwartungsvoll in seine Augen, da fragt er
mich, ob ich ihm vertraue. Als ich dies bejahe,
macht er Anstalten, nach meiner Hand zu greifen.

„Darf ich?"

Ich nicke. Als unsere Hände sich berühren, durch-
fährt ein angenehmer warmer Schauer meinen gesamten
Körper.

„Schliesse nun bitte deine bezaubernden Augen",
säuselt er.

Ich tue es.

Nach einer Weile erkundige ich mich, ob ich
schauen darf. Er bejaht. Langsam öffne ich die Augen. Die Sonnenstrahlen blenden mich, also blinzle
ich einige Male, danach nehme ich durch meine

zusammengekniffenen Augen grün war. Als ich mich an das Licht gewöhnt habe, sehe ich, dass wir mitten auf einer grossen Wiese stehen, deren eine Seite vom Wald begrenzt wird. Auf der anderen Seite stehen in einigem Abstand einige Industriegebäude, von denen der Lärm selbst hier noch leise zu hören ist.

Die Sonne scheint von hinten an Alexander heran, was seine Haut dunkler wirken lässt, aber um ihn herum einen goldenen Schleier zieht, der seine Figur umrandet. Ich betrachte sein Gesicht mit den dicken Wangen und den kleinen Augen, die so vielfarbig und blass zugleich sind und mich überkommt das Gefühl, dass ich seine Nähe möchte.

Er hält noch immer meine Hand, also ziehe ich ihn daran ein wenig näher. Danach berühre ich mit der Anderen seine Wange und streiche sanft darüber. Die Haut seines Gesichts fühlt sich noch sanfter an als jene seiner Hand. Ich bewege den Kopf in seine Richtung, um meine Wange an seine zu legen, doch er weicht zurück. Als ich kurz darauf einen zweiten

Anlauf wage, ihm näher zu kommen, scheint er sich zu verkrampfen, also lasse ich ihn los.

„Lorellié, Teuerste, Wunderschöne." Seine Stimme klingt matt.

Ich beteuere, dass es in Ordnung sei und dass es mir leidtue, wenn ich seine Signale falsch interpretiert habe. Meine Augen werden grösser und meine Unterlippe schiebt sich leicht nach vorne, sodass ich ihn unwillentlich mit dem Hundeblick ansehe.

„Bitte erhöre, was ich dir zu sagen wünsche. Du stellst für mich das wunderschönste aller Geschöpfe auf dieser Erde dar und ich wünsche nichts sehnlicher mir, als dich für immer bei mir zu wissen. So lange schon war es mein Wunsch, meine Lippen auf die deinen legen zu dürfen."

„Was ist denn dann das Problem?"

„Es fügt mir Leid zu, doch ist's mir nicht gestattet dir zu sagen."

Ich sehe ihn stumm an, seine Augen glänzen traurig. Er nimmt seinen Finger, küsst diesen und legt ihn mir sanft auf die Lippen. Während er mich so berührt, sprühen um ihn herum goldene Funken und ich habe beinahe das Gefühl, dass sein Körper sich verändert, seine Figur muskulöser wird und sich die Umrisse von Flügeln in der Luft spiegeln. Ein Teil in mir möchte diesen Anblick weiter auskosten, doch gleichzeitig fühle ich mich unwohl. Meine Gedanken müssen mir einen Streich spielen. Ich wende mich von Alexander ab und gehe davon.

Der Heimweg ist lang und ich habe definitiv das falsche Schuhwerk ausgewählt. Während ich gehe - ich habe übrigens keine Ahnung, wo ich bin oder in welcher Richtung unser Haus liegt - denke ich an Alexander, dann an Niklas, später wieder an Alexander und beschliesse irgendwann, dass ich an keinen von beiden meine Gedanken verlieren will.

Irgendwann, nach gefühlten drei Stunden, komme ich an unsere Strasse. Als ich mich unserem Haus nähere, bemerke ich, dass Niklas immer noch draussen steht.

„Hi Lorellié. "

Erschöpfung schwingt in seiner Stimme mit, als er mich von weitem begrüsst. Ich schaue ihn bedeutungslos an und will weitergehen.

„Hast du noch kurz Zeit?", hakt er nach.

„Was ist denn? "

Ich setze mich auf die Kante der Tischtennis-Platte und ziehe meine Schuhe aus. Meine Füsse schmerzen und sind von Blasen überzogen. Er kommt näher. Ich ziehe die Beine hoch und rutsche zur Mitte der Platte, wo ich mich ausstrecke.

„Na was denn, schau mich nicht so an. Sag mir lieber, was du von mir willst oder lass es bleiben. "

Er scheint in Gedanken versunken zu sein.

„Bloss ein bisschen mit dir reden. "

Müde lege ich mich auf die Tischplatte, stelle meine Beine auf und schaue in den Himmel. Ich erkläre ihm, dass ich nicht sonderlich interessiert bin, mit ihm zu reden.

„Lorellié, ich hab' nachgedacht."

Er setzt sich neben mich.

„Soll's geben", entgegne ich gelangweilt.

Im Folgenden haben wir ein inniges Gespräch, in dem er sich lang und breit für den Zwischenfall mit dem Kuss entschuldigt, woraufhin er mir beinahe ein wenig leidtut, da er sich deswegen wohl wirklich viele Gedanken gemacht hat. Er rückt näher zu mir und erzählt, dass er sich einsam fühlt und eine Person vermisse, die für ihn da sei. Seine Mutter arbeite viel, der Vater sei in Italien und die Zwillinge benötigen viel Aufmerksamkeit. Ich denke an Sophie und entgegne, dass ich ihn verstehe. Ich merke, wie Niklas seinen Arm auf meinen Knien abstützt und den Kopf darauflegt. Einen Moment lang überlege ich, ob ich ihn abschütteln soll, entscheide mich jedoch dagegen. Wir sitzen eine ganze Weile so da und sagen nichts. Die Sonne scheint sanft auf meine Haut und ich schliesse entspannt die Augen. Diese angenehm warmen Tage sind mir das Liebste. Ach, würde dieser Moment nie vergehen.

Plötzlich lässt Niklas mich los und bewegt sich ruckartig von mir weg. Verdutzt öffne ich die Augen und hebe den Kopf. Ich sehe, wie er auf Alexander zugeht, der mich bedrückt ansieht und sich dann abwendet. Niklas fasst nach seiner Schulter, sodass sich Alexander umdreht und redet auf ihn ein.

Kapitel 15

Zu erklären er versucht, dass es nicht so sei, wie ich gesehen, wie ich sicher bin, dass es war. Ich weiss, er ist falsch, wird er es mir doch bald offenbaren.

„Dir schenke ich keinen Glauben", teile ich ihm mit.

„Hör zu, du Möchtegern, Lorellié interessiert mich nicht und du übrigens auch nicht, also misch dich nicht in mein Leben ein. Ich hab dir gesagt, dass ich dich im Auge behalte und ich weiss, dass du nicht der bist, der du vorgibst zu sein. Halte dich von hier fern, du gehörst nicht hierher."

„Ich nenne dich einen Verräter."

„Es ist mir egal, wie du mich nennst. Verschwinde!"

Gefährlich nahe kommt er mir, sein Blick, meiner, sie kreuzen sich, dann lässt er von mir ab. Alsbald er sich umdreht, ich entschwinde.

Kapitel 16

Lorellié

n diesem Abend passiert nicht mehr viel. Als Niklas zurückkommt, ignoriert er mich komplett.

Ich ziehe mich ziemlich wortkarg in mein Zimmer zurück, möchte nichts zu Abend essen und grüble noch eine ganze Weile über die Geschehnisse des Tages nach.

Die gesamte restliche Woche verläuft ziemlich langweilig. Seit Tagen habe ich weder von Alexander noch von Niklas etwas gehört. Vor allem Alexander vermisse ich.

Als er sich am Montag immer noch nicht gemeldet hat, beschliesse ich, mich im Sekretariat nach ihm zu erkundigen, um vielleicht seine Adresse heraus zu finden und ihn besuchen zu können. Im Sekretariat steht ein Bild von der Frau, die ich bereits zwei Mal getroffen habe und darunter ihr Name, Frau Diener. Als sie mich sieht, steht sie auf und kommt auf mich zu.

„Was möchtest du?", erkundigt sie sich.

„Ich bräuchte einige Informationen zu einem Schüler, Alexander. Er ist in meinem Alter, aber ich weiss nichts über ihn ausser seinen Namen. "

„Nun gut, ich werde sehen, was ich für dich tun kann. "

Frau Diener setzt sich an ihren Computer und klickt durch die Dokumente. Ich lasse den Blick durch das sehr kleine Sekretariatszimmer schweifen, in dem ein dunkler Kasten steht, der fast einen Drittel des Platzes einnimmt. Ansonsten ist da noch Frau Dieners Schreibtisch und ihr Stuhl, zudem ein schwarzweisses Bild, das hinter ihr an der Wand hängt.

„Es gibt keinen Alexander im Verzeichnis", meint sie bedauerlich.

Ich zögere, dann frage ich, ob sie sich sicher sei. Frau Diener durchsucht den Rechner erneut. Die Rollläden sind fast komplett heruntergefahren, wodurch nur wenig Sonnenlicht ins Zimmer dringt. Irgendwie ist diese Frau merkwürdig, denke ich.

„Es steht kein Alexander auf der Liste. Es tut mir leid, aber ich kann dir nicht helfen. "

Nicht auf der Liste heisst nicht auf der Schule und nicht auf der Schule heisst, er muss sonst wo zu finden sein.

„Gibt es noch eine andere Schule in diesem Kaff?", erkundige ich mich.

„Ja, aber die ist am anderen Ende der Stadt. Ich glaube nicht, dass du dort finden wirst, was du suchst. "

Ein Hauch von Arroganz schwingt in ihrer Stimme mit.

„Trotzdem Danke."

Ich verabschiede mich.

Ich möchte mich am liebsten verkriechen und einfach losheulen. Wie soll ich bloss Kontakt zu ihm aufnehmen? Die unbekannte Handynummer funktioniert nicht mehr und ich habe keine Ahnung, wo sich Alexander aufhält.

Um meine Ruhe zu haben, gehe ich hinunter in den Keller, setze mich in die Nische unter der Treppe und lege meinen Kopf in die Hände. Wie ich so dasitze und sich meine Augen langsam schliessen, damit ich besser nachdenken kann, spüre ich wieder diesen angenehm warmen Druck einer Hand, die sanft auf meiner Haut ruht. Ich drehe meinen Kopf vorsichtig ein ganz kleines Bisschen und erkenne ein gleissendes goldenes Licht um mich herum, als ich die Augen einen Spalt öffne. Ich bewege meine Hand langsam auf die Stelle zu, auf der ich die fremde Liebkosung fühle. Je näher ich komme, desto schwächer wird die Berührung. Fast habe ich das Gefühl, die Hand löst sich auf, bevor ich sie erreichen kann. Ich schliesse die Augen wieder und ziehe meine Hand zurück.

„Ich liebe dich", murmle ich dem Licht zu.

Genau diese Empfindung möchte ich immer haben, diese Wärme und Geborgenheit scheint für mich der Inbegriff von Liebe zu sein.

„Ich liebe dich auch, Lorellié", haucht mir das Licht zu.

Ich fühle den Puls in meinen Fingerspitzen und meinen Ohren, er schlägt schneller und lauter als sonst. Ein hibbeliges Gefühl überkommt mich und ich kann die Augen nicht länger geschlossen halten.

Als ich sie öffne, ist es um mich herum düster, da das Kellerlicht den Raum nicht besonders gut erhellt.

Die wohlbekannte Stimme flüstert mir zu: „Komm nach der Schule zur grossen Wiese."

Stille.

Nein, halt, da war noch was. Schnelle Schritte entfernen sich.

Ich kann es kaum erwarten, bis der Unterricht zu Ende ist. Sobald es klingelt, packe ich mit rasantem Tempo meine Sachen zusammen. Der Lehrer tadelt mich, dass die Stunde erst beendet sei, wenn er das sagt. Während ich aus dem Zimmer stürme, knalle ich ihm an den Kopf, dass der Unterricht mich nicht interessiere.

Im Eilzugtempo presche ich los in Richtung der Wiese. Leider bin ich ziemlich schlecht im Rennen, weshalb ich nach den ersten zwei Strassen komplett aus der Puste bin und erst mal durchatmen muss. Danach entscheide ich mich dafür, einfach nur schnell zu gehen, damit ich zwar bald dort bin, aber danach nicht rieche wie ein nasser Hund.

Von weitem sehe ich die Wiese, aber niemanden in ihrer Nähe. Meine Gedanken werden mir wohl einen Streich gespielt haben, grüble ich über die Ereignisse nach. Ich möchte mich umdrehen und nach Hause gehen, fühle aber irgendwie, dass ich noch bleiben sollte. Langsam gehe ich über die Wiese, versucht, an nichts zu denken und ganz genau hinzuhören, obwohl nichts zu hören ist. Keine Vögel zwitschern, keine Geräusche dringen aus den Fabriken. Alles wirkt ausgestorben, verlassen, einsam.

Ein mulmiges Gefühl schleicht durch meinen Körper. Mein Fuss stösst gegen etwas Hartes, was mich stolpern lässt und zum Fallen bringt.

Ein lauter Schrei dringt aus meiner Kehle, aber jemand anderes schreit auch.

Ich liege im Gras und zittere vor Schreck. Hinter mir bewegt sich etwas, danach erkenne ich aus meinem Augenwinkel jemanden.

„Niklas… Du… Was machst du denn hier?"

Er steht auf.

„Schön, dass du endlich gekommen bist. Dann ist dein Schatten Alexander auch irgendwo hier."

Ich rapple mich hoch.

„Woher weisst du…?"

Niklas faucht, dass mich das nicht angehe,

dann packt er mich grob. Mit seinem Arm drückt er gegen meinen Hals, mit der anderen Hand fischt er ein Taschenmesser aus seiner Hosentasche. Er öffnet es, bedroht mich damit. Ich stehe ganz ruhig da, atme flach und schnell. Ich überlege. Idee, ich brauche eine Idee, irgendeine. Niklas wird nervös.

„Wo ist er. Antworte!"

Sein Arm drückt ruckartig gegen meinen Hals, mir bleibt für einen Moment die Luft weg.

Betont ruhig antworte ich: „Ich weiss es nicht."

„Verdammt, der Plan war so gut."

Jetzt hab ich's. Das ist der perfekte Plan. Zum Glück war ich als Kind in der Schauspielschule, denke ich.

„So Niklas, das war ein nettes Spiel, aber jetzt bitte ich dich, mich loszulassen, ansonsten werde ich dir weh tun müssen. Sagte ich bereits, dass ich den schwarzen Gürtel in Karate besitze? Ach nein, aber jetzt weisst du's, also, lass uns nach Hause gehen, ich muss noch Hausaufgaben machen. "

Niklas' Verblüffung ist genau das, worauf ich gesetzt habe. Jetzt ist es mir ein Leichtes, seinen Arm von meinem Hals wegzuschieben und mich davon- zustehlen, während er verdattert dasteht und mir hinterhersieht.

Kapitel 17

Daniel

Das ist ein ganz normaler Tag. Ich fahre mit meinem Rad der Strasse entlang. Das tue ich immer so, den Weg kenne ich auswendig. Ich bin vorsichtig, weiss genau, wo ich aufpassen muss. Die Kreuzung habe ich schon oft überquert. Ich bin geübt im Rad fahren. Mein Signal zeigt grün. Ich strecke den Arm aus. Das muss man so tun, um zu zeigen, wohin man fährt. Kräftig trete ich in die Pedale.

Halt! Wo kommt das Auto her?

Ich habe grün. Nein!

Blau, grau, blau, grau. Aua! Irgendwoher wird der Sturz abgefedert. Aua, mein Bein. Um mich herum hupt es. Leute steigen aus und kommen auf mich zu. Ich liege auf der Strasse.

„Ruft einen Krankenwagen!", schreit jemand.

Ich schluchze: „Au, mein Bein, mein Bein tut weh. Ich will zu meiner Mama."

Jemand telefoniert und gestikuliert dabei wild.

Es weint von allein. Mein Bein tut höllisch weh.

„Lassen sie mich durch", höre ich jemand anderes sagen, „Ich muss zu meinem Sohn."

„Mama, Mama!"

Wieso ist sie schon da? Egal, ich kann nicht denken, aua. Am liebsten wäre ich Mama in die Arme gelaufen, doch ich kann nicht. Ich kann nicht aufstehen. Blut, mein Arm blutet.

„Mama", sage ich tränenerstickt.

Sie setzt sich neben mich und gibt mir ihre Hand. Ich drücke fest zu.

„Ist ja schon gut, Liebling, alles ist gut."

Mama hat eine schöne sanfte Stimme. Sie beruhigt mich.

„Hier, es tut mir leid, ich muss weiter. Rufen sie mich an."

Ein Mann überreicht Mama einen Zettel. Ich sehe nur verschwommen durch die Tränen.

„Unerhört, warten Sie, das ist Fahrerflucht."

Der Krankenwagen holt mich ab. Mama sitzt neben mir und singt mir leise vor. Ein Mädchen hat mir einen Teddy in die Hand gedrückt, bevor ich in den Krankenwagen geladen worden bin.

„Hier, für dich. Du brauchst ihn jetzt mehr als ich", meinte sie.

Sie stecken Nadeln in meine Arme, auf beiden Seiten. Ich mag das nicht.

„Du bist ein tapferer Ritter", flüstert Mama mir ins Ohr.

Ich glaube, ich soll nicht weinen. Ritter weinen auch nicht. Ich bin schliesslich tapfer. Trotzdem schniefe ich, es tut zu weh.

Die Krankenpfleger fahren mich auf dem Bett ins Krankenhaus. Sie schieben mich in einen kleinen Raum, der nur mit Vorhängen vom nächsten abgetrennt ist. Im Nebenraum kauert ein Krankenpfleger vor einem jungen Mann.

„Wie viele Finger sind das?", fragt der Pfleger.

„Vier", lallt der Patient.

Es sind drei Finger, die der Pfleger zeigt.

Mama flüstert mir zu: „Der ist wohl nicht ganz klar im Kopf."

Ich kichere.

Ein Arzt kommt zu mir und lässt mich erzählen, was passiert ist. Er schreibt alles auf, dann geht wieder. Eine Krankenschwester holt ein Röntgengerät. Sie legt mein Bein auf eine Platte. Ich muss

stillhalten. Eine schwere Weste wird über mich gelegt.

„Wir machen jetzt ein Foto von deinem Bein", erklärt sie, „bitte bleib einfach ruhig liegen. Wir
kommen gleich wieder."

Mama und sie verlassen den Raum. Ich liege still.
Sie kommen zurück. Die Weste wird mir abgenommen
und die Platte entfernt. Die Krankenschwester nimmt
alles mit und verlässt den Raum. Danach kommt lange
Zeit niemand mehr. Ich bin müde, halte den Teddy
fest und schliesse die Augen.

# Kapitel 18

Lorellié

Als ich nach Hause komme, ist alles still. Ich rufe nach meiner Mutter und Daniel, keine Reaktion. Also gehe ich in den Keller und sehe nach, ob sie dort ist, doch ich finde sie nicht. Merkwürdig. Normalerweise ist immer jemand da, wenn ich von der Schule komme. Ich sehe auf dem Tisch nach, ob dort ein Zettel liegt, finde aber keinen. An der Tür klebt auch keiner.

Plötzlich klingelt das Telefon. Sofort gehe ich ran.

„Lorellié, Daniel wurde angefahren. Wir sind im Krankenhaus."

Die Stimme meiner Mutter klingt zerbrechlich und sie redet leise.

„Was?", antworte ich erschrocken und empört zugleich.

„Er wird bald operiert, sein Fuss ist gebrochen."

„Kann ich zu ihm?"

„Komm in zwei Stunden, dann sollte er im Aufwachraum sein."

„Ok. Gib ihm einen Kuss von mir."

„Mache ich."

Im Hintergrund höre ich eine andere Frauenstimme, danach legt meine Mutter auf, ohne sich verabschiedet zu haben.

Ich kuschle mich aufs Sofa und denke nach. Später gehe im Wohnzimmer auf und ab. Kurz darauf setze ich mich wieder hin, doch kann die Füsse nicht stillhalten, also gehe ich erneut ein Stück im Kreis.

Nach einer geschätzten Ewigkeit klingelt das Telefon wieder.

„Mama", sage ich erwartungsvoll.

„Hallo, wer ist da? Lorellié, bist du es?"

„Ja, wer ist da?"

Schweigen. Ich höre den Jemand am anderen Ende der Leitung leise atmen.

„Hallo", sage ich erneut, „wer ist da?"

Das Telefon piept leise, der Anrufer hat aufgelegt.

Es klingelt erneut. Ich zögere einen Moment lang, doch meine Neugier ist stärker als ich. Wieder höre ich das leise Atmen. Mir wird gesagt, dass man mich beobachtet und schon noch kriegen werde. Ich lege auf und denke, dass sich wohl jemand einen dummen Scherz mit mir erlauben will.

Trotzdem ist mir mulmig zumute. Ich gehe schnell zum Eingang, schlüpfe in meine Flip-Flop und laufe auf direktem Weg ins Krankenhaus.

Ich warte lange, während die Rezeptionistin halb von mir abgewandt telefoniert.

„Nein, ich diskutiere nicht mit dir. Ich habe dir schon oft genug geholfen, ohne dass du dich jemals revanchiert hast."

Einen Moment lang schweigt die Frau. Aus dem Hörer dringt leise die tiefe Stimme des Anrufers.

„Verdammt noch mal, nein."

Die Stimme der Frau ist ein aggressives Zischen, wobei sie sichtlich bemüht ist, nicht zu laut zu sprechen.

„Lass mich in Ruhe, ich hab' kein Geld für dich. Ich muss arbeiten."

Wieder schweigt die Frau. Die Stimme, die aus dem Hörer dringt wird lauter, angreifender. Die Frau hält das Telefon noch kurz an ihrem Ohr, dann knallt sie es auf die Halterung.

Als sie den Kopf zu mir dreht, erkenne ich, dass ihre Augen gerötet sind.

"Was kann ich für Sie tun?", fragt sie höflich und zurückhaltend.

"Mein Bruder wurde vor circa einer Stunde operiert. Ich möchte zu ihm."

Die Frau schaut mich mit leerem Blick an.

„Er heisst Daniel Mikosch."

Immer noch starrt die Rezeptionistin Löcher in die Luft. Ich räuspere mich. Sie hebt den Kopf und schaut nachdenklich, dann tippt sie etwas in ihren Computer.

„Zimmer 512, Stock F. Der Lift ist dort drüben."

Mit einem Finger deutet sie in die Richtung. Ich nicke ihr kurz zu, dann gehe ich dorthin, wo sie zuvor hingezeigt hat.

Das Zimmer 512 ist klein, zu klein für vier Kinder, die jeder mindestens einen Elternteil, manche zusätzlich Geschwister bei sich haben. Während ich die Tür öffne, schweift mein Blick suchend durchs Zimmer, bis ich in Daniels müde, halb geschlossene Augen sehe. Und dann kommt der Lärm wie eine riesige Flutwelle über mich. Alle reden durcheinander, ein Junge weint, ein kleinerer Junge schreit seine Mutter an. Himmel, wie soll man denn hier gesund werden? Ich schliesse die Tür und gehe auf Daniel zu. Meine Mutter sitzt neben ihm und streicht sanft über seinen Rücken.

„Er ist noch nicht richtig aufgewacht", erklärt sie.

Ich frage mich, wie bei so einem Krach überhaupt jemand schlafen kann, geschweige denn Daniel, der sich immer beschwert, ich schnarche wie ein Ferkel, wenn wir uns in den Ferien ein Zimmer teilen.

„Was ist passiert?", frage ich.

„Es ist halb so wild, nur ein gebrochener Fuss und einige Schürfwunden. "

Ich ziehe einen Stuhl, der in die hintere Ecke des Raumes gedrängt steht, zum Bett und setze mich.

„Er wird wieder", fügt meine Mutter an.

Etwas trifft mich von hinten am Kopf. Ich drehe mich in die Richtung und sehe einen Plüschtiger am Boden liegen. Der Junge, der zuvor seine Mutter angeschrien hat, muss ihn geworfen haben, denn die Frau Mitte 30 kommt auf mich zu, hebt den Tiger auf und sieht mich entschuldigend an.

„Timon, sag, dass es dir leidtut", befiehlt sie streng.

„Nein!", schreit der kleine Junge und funkelt mich wütend an.

Die Frau geht zurück zum Bett ihres Sohnes und setzt sich neben ihn, danach redet sie leise auf ihn ein. Ich wende mich wieder meinem Bruder zu.

„Oh armer, tapferer Daniel", flüstere ich ihm zu.

Vorsichtig hebe ich die Decke an, um einen Blick auf seinen Fuss zu erhaschen.

Hinter mir kreischt der kleine Timon: „Nein, das darfst du nicht!"

Ich drehe mich wieder nach hinten um. Die Mutter hält ihre Hand auf den Mund ihres Sohnes. Dieser strampelt und zappelt, bevor er seiner Mutter in den Finger beisst, welche erschrocken ihre Hand zurückzieht. Ihr Gesicht wird glutrot vor Empörung, ihre Augen verengen sich und sie öffnet den Mund.

„Bitte nicht schreien", denke ich, als sie Luft holt, „bitte seid alle still. "

Die Frau sitzt mit offenem Mund da, bringt aber keinen Ton heraus. Ihr Sohn, der im Bett aufgesessen ist, hat die Arme verschränkt und schaut verärgert, jedoch ohne etwas zu sagen. Der Vater eines anderen Patienten schnäuzt sich die Nase, aber erstarrt. Sein Sohn, der zuvor geweint hat, liegt, den Kopf im Kissen vergraben, da.

Im Bett gegenüber dem von Daniel schaut ein Junge gebannt auf den kleinen Fernseher. Zuvor noch hat das Fernsehbild Schatten an die Wand geworfen, nun verharren die Schattenflecken. Die Mutter des Jungen hat ihr Handy am Ohr und den Mund geöffnet, um zu antworten, doch kein Wort kommt über ihre Lippen. Daniel liegt noch immer mit halb geschlossenen Augen da und starrt zur Wand, die Hand meiner Mutter auf seinem Rücken bewegt sich nicht mehr.

Ich glaube, noch nie so entsetzt gewesen zu sein wie in diesem Moment, als ich versuche, den Arm meiner Mutter hochzuheben und feststellen muss, dass er unbeweglich ist. Fast scheint mir, meine Mutter sei zu einer Wachsfigur erstarrt.

So etwas kann überhaupt nicht möglich sein, ausser vielleicht in diesen Filmen, die ich mir nie ansehe, weil sie mir zu gruselig sind. Und dann kommt mir der Gedanke, nicht länger in diesem Raum bleiben zu können.

Ich verlasse das Zimmer und stehe im Gang, wo sich mir das selbe Bild bietet. In mir macht sich das Gefühl breit, hier raus zu wollen. Vom Stock F sind es geschätzte 200 Stufen bis nach unten und ich bin nicht sonderlich sportaffin, weswegen ich mich entschliesse, den Lift zu nehmen. Als ich jedoch auf den Knopf des Aufzuges mit dem Pfeil nach unten drücke, kommt mir plötzlich der Zweifel, dass ich stecken bleiben könnte und niemand da wäre, um mich zu befreien, wer weiss für wie lange. Ich würde vielleicht im Lift zwischen Stock C und B verhungern und verdursten müssen, weil keiner da wäre, um mich zu retten.

Gleich neben dem Aufzug befindet sich das Treppenhaus. Von hinten sehe ich, wie jemand, auf eine Krücke gestützt, die andere in der Hand haltend, die Treppe hinuntergeht. Als ich an der Person vorbeigehe, sehe ich dahinter einen Physiotherapeuten stehen und winken. Er winkt nicht richtig, da auch sein Arm in der Luft erstarrt ist, aber wenn er sich hätte bewegen können, hätte er bestimmt gewinkt.

Möglichst versucht, nicht zu viel Aufmerksamkeit für die Leute, denen ich begegne, zu vergeuden, gehe ich hektischer als sonst. Mein Atem geht heftiger, während ich versucht bin, den Ausgang möglichst rasch zu erreichen.

In den oberen Stockwerken komme ich gut voran, doch nachdem ich das Stockwerk B erreicht habe, erfordert es viel Kreativität und Geschick, mir einen Weg durch die Masse von Menschen, die alle Verunfallte besuchen möchten, zu bahnen. Ich quetsche mich an einzelnen Leuten vorbei, einem händchenhaltenden Pärchen schlüpfe ich unter den Armen durch, dann schiebe ich mich der Wand entlang an einer weiteren Gruppe Menschen vorbei und erreiche schliesslich ich das Erdgeschoss.

Die Rezeptionistin hat wieder das Telefon am Ohr und die Augen geschlossen, während sie dem Gespräch lauscht. Auf der Sitzgruppe in einer Ecke sitzt ein

Mann und ist gerade dabei, sich die Zigarre, die
er im Mund hat, anzuzünden. Die Flamme seines Feu-
erzeuges, dass er beinahe auf gleicher Höhe mit der
Zigarre hält, leuchtet. Ich kann nicht anders als
zu ihm hin zu gehen und die Zigarre aus seinem Mund
zu ziehen. Mit viel Kraft kriege ich die Zigarre
von ihm weg und lege sie neben ihm auf das Polster.
Seine Lippen bleiben zu einem U geformt, auch wenn
sie nichts mehr umschliessen.

Kapitel 19

Lorellié

ch drehe mich um und stosse gegen etwas. Nach einem kurzen Moment wird mir klar, in was beziehungsweise wen ich hineingelaufen bin.

„Nicht so stürmisch, werte Lorellié. "

Einen Augenblick lang glotze ich ihn wohl sehr ungläubig an.

„Alexander, aber wieso? "

„Folge mir. "

Er geht durch einen langen Gang an dessen Ende einige Tische stehen, dann zieht er einen Stuhl für mich zurück und setzt sich auf den anderen. Als ich mich kurz im Raum umsehe, erkenne ich einige Tische weiter, wie jemand seine Kaffeetasse in der Hand hält und daran nippt. Eine andere Person ist in die Zeitung vertieft und hält sie so vors Gesicht, dass man nicht erkennt, ob es ein Mann oder eine Frau ist.

„Es war dein Wunsch, dass sie alle mögen still sein."

„Woher weisst du das?"

„Jeden deiner Wünsche und Gedanken ich sofort zu verspüren vermag, Schöne."

„Das ist doch nicht möglich. So etwas gibt es nicht."

„Es bestünde die Möglichkeit, dir das zu erklären, jedoch ich bin gekommen aus einem anderen Grunde."

„Wieso bist du dann hier?"

„Finden kann nur ich dich. Als ich erfuhr, du habest mich gebraucht, kam ich zu dir, dir zu zeigen etwas von grosser Wichtigkeit. "

„Was möchtest du mir zeigen? "

Alexander muss unmerklich näher gerückt sein, denn seine Hand berührt nun fast meine, die die ganze Zeit unbewegt auf dem Tisch lag.

„Ich möchte bitten nun dich, deine Augen zu schliessen und deinen Gedanken freien Lauf zu lassen. "

Die Wärme, die er ausstrahlt, ist einzigartig, unverkennbar. Sanft legt er meine Hand zwischen seine. Durch meinen Kopf strömen lauter seltsame Bilder, die junge Frau, Niklas, ein älterer Herr, ein schwach beleuchteter Raum, einige chemische Apparaturen, das vergilbte Buch, in der Ecke eine Frau, gefesselt auf einen Stuhl, den Kopf gesenkt. Jetzt blickt sie mich an - halt, das bin ja ich. Unmöglich, ich betrachte sie ausgiebig - tatsächlich, das bin ich.

Ungläubig öffne ich die Augen, sofort erlischt das Bild.

„Wow", spreche ich langgezogen aus, was ich denke, „das ist der Wahnsinn. "

„Du siehst, Gefahr dir droht. Auf der Hut du sein solltest, doch beschützen werde auch ich dich, werte Lorellié.

Die Art, auf die er meinen Namen ausspricht löst ein wildes Kribbeln in mir aus. Ich frage mich, ob er mich jetzt wohl küssen wollen würde. Gleichzeitig röten sich meine Wangen, als ich daran denke, dass er wahrscheinlich jeden meiner Gedanken verfolgen kann und ich drehe mich weg.

„Ziere dich nicht für was du denkst", beschwichtigt mich Alexander.

Wahrscheinlich bewirken seine lieben Worte genau das Gegenteil und ich werde noch röter und nervöser. Er berührt mich an der Wange und dreht meinen Kopf sanft zu ihm hin. Nun sehe ich ihm direkt in die Augen. Die Situation ist so unglaublich schön, dass ich eine Gänsehaut bekomme. Alexanders Augen und deren Farbe, die ich immer noch nicht zuordnen kann, faszinieren mich ungemein.

„Welche Farbe haben deine Augen eigentlich?", möchte ich deshalb von ihm wissen."

„Welche immer du dir wünschen magst", antwortet Alexander unverfänglich.

Ich denke daran, wie er wohl mit braunen Augen aussehen würde und seine Augen kriegen eine klare, schokoladenbraune Farbe.

„Nicht schlecht", wispere ich, weiss aber nicht, was es bringen soll, wenn er sowieso alles versteht, was ich denke.

„Grün könnte auch passen", denke ich als nächstes und freue mich, zuzusehen, wie die Farbe von braun zu grün wechselt.

Ich teste sein Aussehen mit roten, gelben, violetten, blauen, weissen und schwarzen Augen, bevor ich mich doch auf braun festlege.

Wie er so dasitzt und mich mit seinen von mir ausgesuchten Augen ansieht, könnte ich mich glatt in ihn verlieben. Vielleicht habe ich das ja auch bereits.

„Lorellié."

Alexanders Stimme klingt bittend, als er das sagt.

„Ja."

„Mein Herz ist von Liebe zu dir erfüllt. Zu gerne meine Lippen ich auf deine legen würde."

„Weshalb tust du es dann nicht?", frage ich verständnisvoll.

„Die Zeit zu gehen kommt alsbald ich dies tue."

Alexanders braune Augen werden durchsichtig.

„Wenn du mich küsst, musst du mich verlassen?", hake ich verdutzt nach.

„So lautet die Regel. Ich durfte gehen bei dir zu verbringen Tage und Stunden, doch alsbald meine Lippen die deinen berühren, muss ich gehen."

Das zuzugeben scheint Alexander schwer zu fallen. Ich bin mir nicht sicher, ob das Bedürfnis, ihn zu küssen wirklich stärker ist als die Freude, mit ihm zusammen zu sein. Vielleicht sollte ich es einfach als widerlichen Austausch von Speichel betrachten, dann würde mir die Lust schon vergehen, aber ich glaube, das klappt nicht. Während ich das denke, verzieht sich Alexanders Gesicht zu einer angeekelten Miene.

„Wir sollten an einen Ort gehen, an dem du dich wohl und geborgen fühlst. Dort wird es vielleicht weniger schwer, uns zu trennen. "

Alexander stimmt mir zu und schlägt vor, uns in der Nacht am Observatorium zu treffen, da er die Sterne so gerne mag. Leider weiss ich nicht, ob es in diesem abgelegenen Kaff eine Sternwarte gibt, also verabreden wir uns für elf Uhr im Park, von wo aus ich hoffe, zumindest einen kleinen Blick auf die Sterne erhaschen zu können.

Was er zum Abschied meint, ist: „Denk an die Kraft deiner Gedanken. Jederzeit sie bringen mich zu dir.

Als er meine Hand loslässt um aufzustehen, fühlt sich diese immer noch kuschelig warm an, also halte ich sie mir kurz an die Wange, bevor sie abkühlt. Alexander geht mit kleinen Schritten durch den Flur zum Ausgang. Ich wünsche mir nach einer Weile den Lärm zurück und alles kommt wieder in Bewegung. Der Mann, der seinen Kaffee an den Lippen angesetzt hat, stellt die Tasse unsanft auf dem Unterteller ab, sodass der Inhalt überschwappt. Die Person, die hinter der Zeitung versteckt war, legt diese hin und faltet fein säuberlich jede Seite einzeln wieder gerade.

Ich entschliesse mich, nach Hause zu gehen und mich frisch zu machen. Danach würde ich bestimmt etwas zu tun finden, dass mich bis halb elf beschäftiget.

Kapitel 20
Niklas

Gerade als ich die Treppe vom Keller zum Erdgeschoss hinaufgehe, sehe ich, dass Lorellié vor ihrer Wohnungstür steht und an ihrem Schlüsselbund herumfummelt. Einen Moment lang bleibe ich wie angewurzelt stehen, dann gehe ich unbeirrt die Treppe hoch und hoffe, dass sie mich nicht bemerkt. Leider tut sie dies doch.

„Na du, alles klar?"

Ich bin versucht, einfach weiter zu gehen. Sie schaut mich eindringlich an.

„Ja, was soll schon sein?", gebe ich patzig zurück.

Sie mustert mich weiter.

„Lorellié, ich muss jetzt los."

„Wohin gehst du?"

„Ich habe noch eine Schicht im Altersheim."

„Ok, ich komme mit."

Lorellié steckt den Schlüsselbund bestimmt in die Tasche ihrer Hose, die mit Mustern in allen Farben übersäht ist. Ich wäre sie gerne losgeworden, habe ich doch die Anweisung bekommen, mich bis auf Weiteres auch von ihr fern zu halten, aber da ist wohl nichts zu machen. Wir gehen also zusammen aus dem Haus, was mich ein wenig reizt.

„Also", fährt sie fort, „was sollte das neulich auf der Wiese?"

„Was meinst du?"

Ich versuche, den Alles-bereits-vergessen-Plan zu nutzen.

„Ist das etwa dein Hobby, anderen Leuten aufzulauern und sie mit einem Messer zu bedrohen?

Beinahe hätte ich impulsiv und unüberlegt gehandelt, doch ich schaffe es, mich zu beherrschen.

„Ich habe keine Ahnung, wovon du redest. Du musst geträumt haben. "

„Niklas, ich weiss, was ich gesehen habe. Ich möchte, dass du dich entschuldigst, denn so geht man nicht mit seinen Mitmenschen um. "

Es tut mir weder leid noch sehe ich einen Grund, mich zu entschuldigen. Lorellié und Alexander sind eine Bedrohung und als diese werde ich sie vernichten. Trotzdem entschuldige ich mich höflich. Neulich auf der Wiese wäre der perfekte Moment gewesen, geht es mir doch den Kopf. Hier in der Stadt ist es zu riskant, es gibt zu viele neugierige Blicke.

Wir erreichen das Altersheim und betreten es gemeinsam.

Kapitel 21

Lorellié

err Hinterbirch sitzt wieder in seinem Sessel vor dem Fernseher, genauso, wie er es schon letztes Mal getan hat, nur diesmal hält er eine Zeitschrift auf dem Schoss. Auf ihrem Cover erkenne ich eine Frau, die ich schon einige Male im Fernsehen gesehen habe. Ich schaue nicht oft fern, kann mich aber vage daran erinnern, dass diese Frau manchmal die Nachrichten ansagt.

„Guten Tag Herr Hinterbirch", begrüsse ich ihn höflich.

„Ist das zu fassen, die Frau Trina hat Brustkrebs und jetzt wollen die ihr die Brüste wegnehmen. "

Herr Hinterbirch sieht mich an und ich glaube, Besorgnis in seinem Gesichtsausdruck lesen zu können.

„Ich glaube, sie bekommt Silikon eingesetzt, wenn sie das möchte. "

„Aber die ist doch in den Nachrichten, der können sie doch nicht einfach die Brüste wegnehmen. "

„Herr Hinterbirch, möchten Sie Mühle spielen?", versuche ich zu ermutigen.

„Aber die Frau Trina braucht doch ihre Brüste. "

„Ja, das glaube ich auch, aber sie bekommt bestimmt wieder welche. "

„Ihr Stück Kuchen steht noch immer da und wartet auf Sie. "

Herr Hinterbirch deutet auf das Tischchen, dass neben seinem Bett steht. Dort steht noch immer derselbe Teller mit dem Stück Kuchen, nur, dass dieser langsam Schimmel ansetzt, die Oberfläche ist mit gelb-weissem Schimmel überzogen. In mir breitet sich ein Gefühl aus, dass deutlich signalisiert, wie mir zum Kotzen zumute ist. Schnell nehme ich den Kuchen und kippe ihn in den Papierkorb.

„Möchten Sie Mühle spielen, Herr Hinterbirch", versuche ich nochmals, seine Aufmerksamkeit zu erlangen.

„Gerne. "

Ich gehe zur Schublade und hole den Karton mit dem Spiel heraus.

„Aber die können der armen Frau doch nicht einfach die Brüste abschneiden", wiederholt Herr Hinterbirch.

„Sie hat Brustkrebs, den man wahrscheinlich nicht anders behandeln kann", vermute ich.

Ich setze mich aufs Sofa gegenüber des Mannes, der seinen Stuhl dem Tisch zugedreht hat und packe das Mühlespiel aus. Danach verteile ich die Steine, neun für ihn und neun für mich.

Herr Hinterbirch beginnt sofort und legt den ersten Stein aus. Um ihn auszubremsen, lege ich meinen in die Ecke neben seinen. Irgendwie klappt es bei mir nicht und schon mit dem dritten Stein hat er eine Mühle gelegt und mir somit einen Stein abgeluchst. Danach bin ich im Nachteil und verliere folglich schnell.

Während wir noch einige Male spielen, wiederholt Herr Hinterbirch immer wieder, wie leid es ihm für Frau Trina tue, was mich gelinde gesagt ziemlich nervt.

Dann kommt ein Pfleger und bittet Herrn Hinterbirch höflich, mit ihm zum Abendessen zu kommen. Als ich auf die Uhr sehe, erkenne ich, dass es bereits viertel vor sechs ist. Die Zeit muss ja regelrecht gerast sein.

Ich verlasse das Zimmer und mache mich auf den Heimweg.

Als ich zu Hause aufs Display meines Handys sehe, habe ich zwei verpasste Anrufe und sechzig neue Nachrichten. Ich sehe, dass sie alle von meiner Mutter sind. Sie muss wohl versehentlich nach jeder einzelnen Zeile auf senden gedrückt haben, anstatt einen Fliesstext zu schreiben.

Ich rufe zurück.

„Lorellié, wo warst du denn? Ich habe mir Sorgen gemacht. "

„Ich war noch mit Niklas unterwegs. "

„Aha, na dann ist ja gut. Ich dachte schon… Du hör mal, Schätzchen, Daniel wäre es lieber, wenn ich heute Nacht bei ihm bleiben würde, aber Papa ist bis übermorgen in Paris und ich weiss nicht, ob ich dich allein lassen kann. "

„Also bitte, ich bin sechzehn und Daniel ist sieben, da kann dir die Entscheidung wohl nicht so schwer fallen", antworte ich gespielt aufgebracht.

„Dann ist ja gut. In der Gefriertruhe sind mindestens fünf Pizzen und im Kühlschrank hat's noch haufenweise Joghurts."

Vielleicht hat es meine Mutter im Trubel vergessen, aber ich beherrsche durchaus die hohe Kunst des Kochens. Da ich denke, sie meint er nur gut, sage ich nichts dazu.

„Ich verhungere schon nicht."

„Ich hab dich lieb."

„Ich hab dich auch lieb, Mama. Pass gut auf Daniel auf."

Die folgenden knappen fünf Stunden bis viertel vor elf kommen mir so lang vor wie die Strecke der transsibirischen Eisenbahn. Ich ziehe mich mindestens ein Dutzend Mal um, bis ich mich entschliesse, die gleiche Hose zu tragen, die ich bereits anhatte und nur mein T-Shirt gegen eine elegante Bluse zu tauschen.

Danach nehme ich die Taschenlampe in die eine, mein Klappmesser in die andere Hand und mache mich auf den Weg. Es lässt mich sicherer fühlen, wenn ich weiss, jederzeit das Messer griffbereit zu haben, wer weiss, vielleicht wird es mir noch gute Dienste erweisen. Die Dunkelheit oder besser gesagt, was darin alles passieren könnte, gefällt mir nicht sonderlich.

Draussen ist alles ruhig, die Blätter rascheln leise, als der Wind mit ihnen spielt und eine Eule singt ihr Nachtgedicht. Ich gehe bedachter als sonst und versuche, nicht auf den Boden zu sehen, da ich es unheimlich finde, wie mein Schatten im Licht der Strassenlaternen in die Länge gezogen wird. Dabei kriege ich immer das Gefühl, dass jemand hinter mir hergeht, obwohl da niemand ist.

Als ich zum Park komme, knipse ich das Licht meiner Taschenlampe an und gehe einige Schritte, dann bleibe ich stehen. Alexander ist noch nicht da. Ich hebe den Kopf zum Himmel und sehe mir die knapp erkennbaren Sterne an. Wegen des vielen Lichts ringsum leuchten sie matter als sonst. Ich atme tief ein und die frische Nachtluft lässt mich wacher werden.

Von hinten fühle ich Alexanders warme unverkennbare Hand auf meiner Schulter.

„Schön, dass du gekommen bist", begrüsse ich ihn.

„Wie herrlich es doch in der Natur ist. Fast kommt es an deine Schönheit heran, Lorellié. "

Wieder rauscht das Kribbeln durch meinen Bauch. Ich drehe mich um und blicke in an. Seine Gestalt ist verändert, die Haut auf seinem Gesicht sanft und rein, sein Körper grösser und sportlicher als zuvor.

Alexander lässt seine Hand sanft von meiner Schulter aus meinen Arm hinuntergleiten. Zwischenzeitlich schliesse ich die Augen, um ihn besser zu spüren. Ich kriege eine Gänsehaut, als seine Finger zärtlich nach meiner Hand ergreifen.

„Sollen wir noch ein Stück gehen?", frage ich.

Wenn es Alexanders einziger Kuss sein wird, soll er Vorrang haben und entscheiden dürfen, wie es ihm am besten gefällt.

„Lass und sitzen ins Gras, dort hinten, wo man gute Sicht auf der Sterne Glanz hat."

Wir gehen hinüber und setzen uns. Alexander deutet zum Himmel und ich schaue seiner Hand nach. Da blitzt ganz kurz etwas auf, einen Augenblick nur, so kurz wie ein Wimpernschlag.

„Von dort bin ich gekommen und dorthin gehe ich", flüstert er mir ins Ohr.

Ich schaue noch ein wenig in den Himmel und hoffe, das Blitzen noch einmal zu sehen, doch die Sterne sind wieder matt und trüb wie zuvor.

„Wirst du mich ab und zu besuchen?", frage ich, obwohl ich ein wenig Angst vor der Antwort habe.

„Fühle nur in deinem Herzen mich und ich werde bei dir sein. Immer werde ich bei dir sein und meine Wärme mit dir teilen. Als dein Beschützer ward ich gesandt und ewig bleibe ich bei dir. "

Vorsichtig lehne ich meinen Kopf an Alexanders Brust.

„Alexander, ich… liebe dich", wispere ich.

Seine Hand streicht über meinen Rücken.

„Ich liebe dich auch. Lorellié. Wann immer dir fremde Hilfe angeboten, mag ich es sein. Wann immer dir eine Stimme den Weg zeigt, mag ich es sein und wann immer Wärme deine Haut und dein Herz erfüllt, ich es bin. "

Ich erinnere mich an den ganz in türkis gekleideten Mann, die Stimme, die mir den Weg gewiesen hat und die warme Hand, die mich berührt und getröstet hat. Dann sehe ich zu ihm auf und Alexander nickt langsam.

„Ich war immer bei dir und werde immer bei dir sein, oh wundervollste Lorellié."

Ich lege meinen Arm um Alexander und ziehe ihn ganz nahe zu mir.

„Danke."

„Noch eins, Teuerste, gib auf dich Acht. Verschwörung gegen uns im Gange ist. Stets werde ich wachen über dich, doch beschützen musst du dich."

Es fällt mir schwer, die richtigen Worte zu finden. Wieder gebe ich nur ein tiefes, befreiendes Danke von mir.

Alexander legt seinen Arm um mich.

„Die Zeit, uns zu verabschieden, scheint gekommen."

Ich sehe traurig in Alexanders hübsche braune Augen.

„Ich glaube, du bist die interessanteste Persönlichkeit, die ich jemals getroffen habe."

Ich traue mich nicht, der interessanteste Mensch zu sagen, da mir spätestens jetzt klargeworden ist, dass Alexander kein Mensch sein kann.

„Ich bin so glücklich, dich getroffen zu haben. Du hast einen Teil von mir verändert und mir Geborgenheit geschenkt, dafür danke ich dir, Alexander. "

Ich rücke noch ein wenig näher zu Alexander und spüre, wie er mich fester in seinen Armen hält. Beinahe bekomme ich keine Luft mehr, aber das ist mir jetzt egal. Auch ich halte Alexander fest umschlungen. Langsam fahre ich mit meiner Hand seinen Nacken hinauf und fasse ihn dann sanft in den Haaren. Er streicht mir immer noch über den Rücken, wodurch ich mich irrsinnig wohlig und kuschelig fühle. Am liebsten würde ich den ganzen Tag über den Rücken gestreichelt werden. Da Alexander versteht, wie ich das denke, hört er nicht auf.

Jetzt lege ich meinen Kopf auf seine Schulter, sodass meine Nase an seinen Hals gepresst ist. Ich rieche einen fast sanften, unaufdringlichen Duft nach Kirschen.

„Du bist sehr hübsch, Alexander. "

Es fühlt sich gut an, seinen Namen auszusprechen. Ich überlege mir, ob ich ihm noch etwas sagen möchte, doch mir fällt nichts ein. Mir ist es viel wichtiger, einfach bei ihm zu sitzen, in den Himmel zu schauen, die matten Sterne zu betrachten und seine Wärme zu spüren.

Nach einer Weile frage ich ihn: „Möchtest du noch etwas sagen? "

„Ich habe nur dies zu sagen: Mein Herz, mit jedem Schlage es schreit deinen bezaubernden Namen, Lorellié…"

Mit meiner Nase fahre ich seinem Hals entlang nach oben, immer wieder atme ich den mich zärtlich betäubenden Kirschduft ein. Gleichzeitig lasse ich die Hand, die nicht in seinen Haaren vergraben ist, zu seiner gleiten und umfasse sie. Meine Lippen sind jetzt ganz dicht vor seinen und meine Nase berührt seine seitlich.

„Ich liebe dich", sage ich erneut so lieblich und sanft ich kann.

Dann lege ich meine Lippen zögerlich und beinahe unmerklich auf seine. Ich wünsche mir mit ganzer Kraft, dass wir uns bald wiedersehen dürfen. Meine Gedanken sind alle auf ihn gerichtet, ich halte ihn ganz fest, drücke meine Lippen nun etwas fester gegen seine, und lasse den Kuss unendlich lange dauern. Unwillentlich schliesse ich die Augen, fühle meine Hand in seiner und die andere in seinen Haaren, geniesse das Gestreichelt werden und vergesse die Zeit.

Epilog

ine dunkel gekleidete Frau steht in einem spärlich beleuchteten Raum. Vor ihr liegt ein Buch, dessen Seiten geheimnisvoll leuchten. Etwas entfernt stehen mehrere Reagenzgläser, gefüllt mit neonfarbenen Flüssigkeiten. Es klopft an der Tür.

„Herein."

Die Tür öffnet sich und ein älterer Mann tritt ein. Er trägt ein Samtkissen, worauf beinahe unsichtbar ein Haar liegt. Dies präsentiert er der Frau, welche zufrieden nickt. Nachdem sie sich Samthandschuhe übergestreift hat, greift sie ehrfürchtig nach dem Haar und trägt es andächtig zu einem mit grüner Flüssigkeit gefülltem Reagenzglas. Als sie es hineingibt, steigen goldgelbe Wölkchen auf und verpuffen in der Luft. Vorsichtig löst die Frau das Reagenzglas aus der Verankerung und trägt es zum Buch. Sorgfältig misst sie in einer bereitliegenden Pipette drei Tröpfchen ab und träufelt diese über den Namen Alexander. Ein greller Blitz erhellt den Raum und das Gesicht der Frau